The Farmer's Huge Carrot

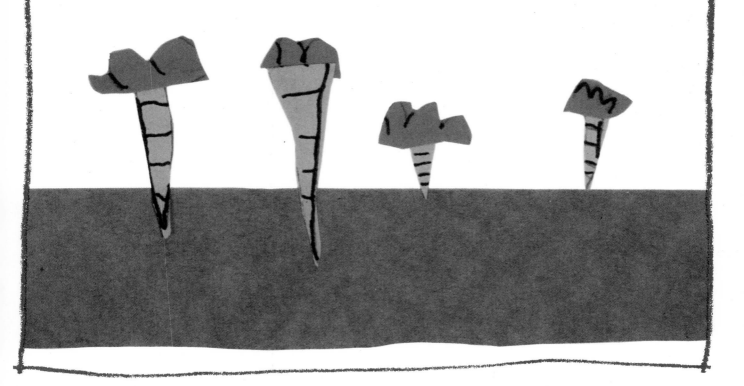

Published by Willowisp Press, Inc.
401 E. Wilson Bridge Road, Worthington, Ohio 43085

Copyright © 1990 by Willowisp Press, Inc.

Printed in the United States of America

10 9 8 7 6 5 4 3 2 1

ISBN 0-87406-437-6

Written and illustrated by kindergartners of Henry O. Tanner Kindergarten School, West Columbia, Texas: Christina Brown, Brandon Denbow, Jose Figueroa, Analisa Garcia, Ashlee Graham, Dianna Hathway, Brandi Higgins, Wesley Hill, Eric McCarty, Kyle Neal, Donny Paniagua, Patty Quintana, Cory Rhodes, Marc Sims, Jamie Tims, DeWarren Wiley, ReiDawn Wilson.

Edited by JoAnn Vigus, kindergarten teacher. Illustration concepts created under the supervision of Jaunell Collier, principal.

This book is dedicated to our friends who will soon be learning to read, that they will find enjoyment in writing and reading stories.

"The Henry O. Tanner Mission"
The staff of Henry O. Tanner Kindergarten holds high expectations for student success and is dedicated to providing an educational setting in which all students can learn and develop to their full intellectual, social, physical, and emotional potential. The staff seeks to instill in students an appreciation of their American heritage, a positive attitude, and the responsibility for lifelong learning skills through cooperation and support of parents and the community.

The farmer and his wife went out one day
to see how their garden was growing.

They made a scarecrow to watch their garden and to keep the birds away.

The farmer and his wife stayed in the house while it was so hot and dry. They waited for their carrots to grow.

A fire truck came by every day to water the garden because it did not rain.

One day a carrot grew and grew as tall as the tree. It was huge. The farmer chopped that carrot down and took it in the house.

This carrot was so delicious that the farmer's dogs had to guard it.

One day it began to rain. The rain fell, and the ants came. The ants wanted the huge delicious carrot.

The ants were afraid of the farmer's dogs. They forgot the carrot and took the cat instead.

The Kids Are Authors™ Competition was established by SBF to recognize authors of children's books, especially children who write books. It is a time to focus on high-quality literature for young people and to encourage children to read and write.

To commemorate the Kids Are Authors™ Competition, SBF sponsors a book-writing contest in which groups of students submit original picture books for judging by a national panel of professionals in the field of children's literature.

For more information on the Kids Are Authors™ Competition, write to:

Kids Are Authors™ Competition
SBF, Inc.
401 E. Wilson Bridge Road
Worthington, Ohio 43085

Level 3

¡Avancemos!

Unit 4 Resource Book

HOLT McDOUGAL
a division of Houghton Mifflin Harcourt

Fine Art Acknowledgments

Page 69 *La bodeguita del medio, old Havana* (2003), Yerandi Torrés Lezcano. Dagli Orti/Contemporary Art Gallery Havana/The Art Archive.

Page 70 *Camaleón triste* (n.d.), Santiago Rodríguez Salazar (Chago). Oil on canvas, 60" x 52". Courtesy of Museum of Art, Fort Lauderdale, Florida, Permanent Collection, Gift of artist.

Page 71 *Marpacífico (Hibiscus)* (1943), Amelia Peláez. Oil on canvas, 45 1/2" x 35". Gift of IBM. Collection of the Art Museum of the Americas, Organization of American States, Washington, DC.

Page 72 *El Mangle* (1977), Myrna Báez. Acrylic on canvas. Museo de Arte de Ponce, The Luis A. Ferré Foundation, Inc., Ponce, Puerto Rico.

ISBN-13: 978-0-618-75366-6
ISBN-10: 0-618-75366-4   7 8 9 10 1689 14 13 12
4500356521
Internet: www.holtmcdougal.com

HOLT McDOUGAL

¡Avancemos!

Table of Contents

To the Teacher

Welcome to *¡Avancemos!* This exciting new Spanish program from McDougal Littell has been designed to provide you—the teacher of today's foreign language classroom—with comprehensive pedagogical support.

PRACTICE WITH A PURPOSE

Activities throughout the program begin by establishing clear goals. Look for the **¡Avanza!** arrow that uses student-friendly language to lead the way towards achievable goals. Built-in self-checks in the student text (**Para y piensa:** Did you get it?) offer the chance to assess student progress throughout the lesson. Both the student text and the workbooks offer abundant leveled practice to match varied student needs.

CULTURE AS A CORNERSTONE

¡Avancemos! celebrates the cultural diversity of the Spanish-speaking world by motivating students to think about similarities and contrasts among different Spanish-speaking cultures. Essential questions encourage thoughtful discussion and comparison between different cultures.

LANGUAGE LEARNING THAT LASTS

The program presents topics in manageable chunks that students will be able to retain and recall. "Recycle" topics are presented frequently so students don't forget material from previous lessons. Previously learned content is built upon and reinforced across the different levels of the program.

TIME-SAVING TEACHER TOOLS

Simplify your planning with McDougal Littell's exclusive teacher resources: the all-inclusive EasyPlanner DVD-ROM, ready-made Power Presentations, and the McDougal Littell Assessment System.

Unit Resource Book

Each Unit Resource Book supports a unit of *¡Avancemos!* The Unit Resource Books provide a wide variety of materials to support, practice, and expand on the material in the *¡Avancemos!* student text.

Components **Following is a list of components included in each Unit Resource Book:**

BACK TO SCHOOL RESOURCES (UNIT 1 ONLY)

Review and start-up activities to support the **Lección preliminar** of the textbook.

DID YOU GET IT? RETEACHING & PRACTICE COPYMASTERS

 If students' performance on the **Para y piensa** self-check for a section does not meet your expectations, consider assigning the corresponding Did You Get It? Reteaching and Practice Copymasters. These copymasters provide extensive reteaching and additional practice for every vocabulary and grammar presentation section in *¡Avancemos!* Each vocabulary and grammar section has a corresponding three-page copymaster. The first page of the copymaster reteaches the subject material in a fresh manner. Immediately following this presentation page are two pages of practice exercises that help the student master the topic. The practice pages have engaging contexts and structures to retain students' attention.

PRACTICE GAMES

These games provide fun practice of the vocabulary and grammar just taught. They are targeted in scope so that each game practices a specific area of the **lesson**: *Práctica de vocabulario, Vocabulario en contexto, Práctica de gramática, Gramática en contexto, Todo junto, Repaso de la lección*, and the lesson's cultural information.

Video and audio resources

VIDEO ACTIVITIES

These two-page copymasters accompany the Vocabulary Video and each scene of the **Telehistoria** in Levels 1 and 2 and the **Gran desafío** in Level 3. The pre-viewing activity asks students to activate prior knowledge about a theme or subject related to the scene they will watch. The viewing activity is a simple activity for students to complete as they watch the video. The post-viewing activity gives students the opportunity to demonstrate comprehension of the video episode.

VIDEO SCRIPTS

This section provides the scripts of each video feature in the unit.

AUDIO SCRIPTS

This section contains scripts for all presentations and activities that have accompanying audio in the student text as well as in the two workbooks (*Cuaderno: práctica por niveles* and *Cuaderno para hispanohablantes*) and the assessment program.

Culture resources

MAP/CULTURE ACTIVITIES

This section contains a copymaster with geography and culture activities based on the Unit Opener in the textbook.

FINE ART ACTIVITIES

The fine art activities in every lesson ask students to analyze pieces of art that have been selected as representative of the unit location country. These copymasters can be used in conjunction with the full-color fine art transparencies in the Unit Transparency Book.

Home-school connection

FAMILY LETTERS & FAMILY INVOLVEMENT ACTIVITIES

This section is designed to help increase family support of the students' study of Spanish. The family letter keeps families abreast of the class's progress, while the family involvement activities let students share their Spanish language skills with their families in the context of a game or fun activity.

ABSENT STUDENT COPYMASTERS

The Absent Student Copymasters enable students who miss part of a **lesson** to go over the material on their own. The checkbox format allows teachers to choose and indicate exactly what material the student should complete. The Absent Student Copymasters also offer strategies and techniques to help students understand new or challenging information.

Core Ancillaries in the ¡Avancemos! Program

Leveled workbooks

CUADERNO: PRÁCTICA POR NIVELES

This core ancillary is a leveled practice workbook to supplement the student text. It is designed for use in the classroom or as homework. Students who can complete the activities correctly should be able to pass the quizzes and tests. Practice is organized into three levels of difficulty, labeled A, B, and C. Level B activities are designed to practice vocabulary, grammar, and other core concepts at a level appropriate to most of your students. Students who require more structure can complete Level A activities, while students needing more of a challenge should be encouraged to complete the activities in Level C. Each level provides a different degree of linguistic support, yet requires students to know and handle the same vocabulary and grammar content.

The following sections are included in *Cuaderno: práctica por niveles* for each **lesson**:

Vocabulario A, B, C
Gramática 1 A, B, C
Gramática 2 A, B, C
Integración: Hablar
Integración: Escribir

Escuchar A, B, C
Leer A, B, C
Escribir A, B, C
Cultura A, B, C

CUADERNO PARA HISPANOHABLANTES

This core ancillary provides leveled practice for heritage learners of Spanish. Level A is for heritage learners who hear Spanish at home but who may speak little Spanish themselves. Level B is for those who speak some Spanish but don't read or write it yet and who may lack formal education in Spanish. Level C is for heritage learners who have had some formal schooling in Spanish. These learners can read and speak Spanish, but may need further development of their writing skills. The *Cuaderno para hispanohablantes* will ensure that heritage learners practice the same basic grammar, reading, and writing skills taught in the student text. At the same time, it offers additional instruction and challenging practice designed specifically for students with prior knowledge of Spanish.

The following sections are included in *Cuaderno para hispanohablantes* for each **lesson**:

Vocabulario A, B, C
Vocabulario adicional
Gramática 1 A, B, C
Gramática 2 A, B, C
Gramática adicional

Integración: Hablar
Integración: Escribir
Lectura A, B, C
Escritura A, B, C
Cultura A, B, C

ix

Other Ancillaries

ASSESSMENT PROGRAM

For each level of *¡Avancemos!*, there are four complete assessment options. Every option assesses students' ability to use the lesson and unit vocabulary and grammar, as well as assessing reading, writing, listening, speaking, and cultural knowledge. The on-level tests are designed to assess the language skills of most of your students. Modified tests provide more support, explanation and scaffolding to enable students with learning difficulties to produce language at the same level as their peers. Pre-AP* tests build the test-taking skills essential to success on Advanced Placement tests. The assessments for heritage learners are all in Spanish, and take into account the strengths that native speakers bring to language learning.

In addition to leveled lesson and unit tests, there is a complete array of vocabulary, culture, and grammar quizzes. All tests include scoring rubrics and point teachers to specific resources for remediation.

UNIT TRANSPARENCY BOOKS—1 PER UNIT

Each transparency book includes:

- Map Atlas Transparencies (Unit 1 only)
- Unit Opener Map Transparencies
- Fine Art Transparencies
- Vocabulary Transparencies
- Grammar Presentation Transparencies
- Situational Transparencies with Label Overlay (plus student copymasters)
- Warm Up Transparencies
- Student Book and Workbook Answer Transparencies

LECTURAS PARA TODOS

A workbook-style reader, *Lecturas para todos*, offers all the readings from the student text as well as additional literary readings in an interactive format. In addition to the readings, they contain reading strategies, comprehension questions, and tools for developing vocabulary.

There are four sections in each *Lecturas para todos*:

- *¡Avancemos!* readings with annotated skill-building support
- *Literatura adicional*—additional literary readings
- Academic and Informational Reading Development
- Test Preparation Strategies

* AP and the Advanced Placement Program are registered trademarks of the College Entrance Examination Board, which was not involved in the production of and does not endorse this product.

X

LECTURAS PARA HISPANOHABLANTES

Lecturas para hispanohablantes offers additional cultural readings for heritage learners and a rich selection of literary readings. All readings are supported by reading strategies, comprehension questions, tools for developing vocabulary, plus tools for literary analysis.

There are four sections in each *Lecturas para hispanohablantes*:

- *En voces* cultural readings with annotated skill-building support
- *Literatura adicional*—high-interest readings by prominent authors from around the Spanish-speaking world. Selections were chosen carefully to reflect the diversity of experiences Spanish-speakers bring to the classroom.
- Bilingual Academic and Informational Reading Development
- Bilingual Test Preparation Strategies, for success on standardized tests in English

COMIC BOOKS

These fun, motivating comic books are written in a contemporary, youthful style with full-color illustrations. Each comic uses the target language students are learning. There is one 32-page comic book for each level of the program.

TPRS: TEACHING PROFICIENCY THROUGH READING AND STORYTELLING

This book includes an up-to-date guide to TPRS and TPRS stories written by Piedad Gutiérrez that use *¡Avancemos!* lesson-specific vocabulary.

MIDDLE SCHOOL RESOURCE BOOK

- Practice activities to support the 1b Bridge lesson
- Diagnostic and Bridge Unit Tests
- Transparencies
  - Vocabulary Transparencies
  - Grammar Transparencies
  - Answer Transparencies for the Student Text
  - Bridge Warm Up Transparencies
- Audio CDs

LESSON PLANS

- Lesson Plans with suggestions for modifying instruction
- Core and Expansion options clearly noted
- IEP suggested modifications
- Substitute teacher lesson plans

BEST PRACTICES TOOLKIT

Strategies for Effective Teaching

- Research-based Learning Strategies
- Language Learning that Lasts: Teaching for Long-term Retention
- Culture as a Cornerstone/Cultural Comparisons
- English Grammar Connection
- Building Vocabulary
- Developing Reading Skills
- Differentiation
- Best Practices in Teaching Heritage Learners
- Assessment (including Portfolio Assessment, Reteaching and Remediation)
- Best Practices Swap Shop: Favorite Activities for Teaching Reading, Writing, Listening, Speaking
- Reading, Writing, Listening, and Speaking Strategies in the World Languages classroom
- ACTFL Professional Development Articles
- Thematic Teaching
- Best Practices in Middle School

Using Technology in the World Languages Classroom

Tools for Motivation

- Games in the World Languages Classroom
- Teaching Proficiency through Reading and Storytelling
- Using Comic Books for Motivation

Pre-AP and International Baccalaureate

- International Baccalaureate
- Pre-AP

Graphic Organizer Transparencies

- Teaching for Long-term Retention
- Teaching Culture
- Building Vocabulary
- Developing Reading Skills

Absent Student Copymasters—Tips for Students

LISTENING TO CDS AT HOME

- Open your text, workbook, or class notes to the corresponding pages that relate to the audio you will listen to. Read the assignment directions if there are any. Do these steps before listening to the audio selections.

- Listen to the CD in a quiet place. Play the CD loudly enough so that you can hear everything clearly. Keep focused. Play a section several times until you understand it. Listen carefully. Repeat aloud with the CD. Try to sound like the people on the CD. Stop the CD when you need to do so.

- If you are lost, stop the CD. Replay it and look at your notes. Take a break if you are not focusing. Return and continue after a break. Work in short periods of time: 5 or 10 minutes at a time so that you remain focused and energized.

QUESTION/ANSWER SELECTIONS

- If there is a question/answer selection, read the question aloud several times. Write down the question. Highlight the key words, verb endings, and any new words. Look up new words and write their meaning. Then say everything aloud.

- One useful strategy for figuring out questions is to put parentheses around groups of words that go together. For example: **(¿Cuántos niños)(van)(al estadio)(a las tres?)** Read each group of words one at a time. Check for meaning. Write out answers. Highlight key words and verb endings. Say the question aloud. Read the answer aloud. Ask yourself if you wrote what you meant.

- Be sure to say everything aloud several times before moving on to the next question. Check for spelling, verb endings, and accent marks.

FLASHCARDS FOR VOCABULARY

- If you have Internet access, go to ClassZone at classzone.com. All the vocabulary taught in *¡Avancemos!* is available on electronic flashcards. Look for the flashcards in the *¡Avancemos!* section of ClassZone.

- If you don't have Internet access, write the Spanish word or phrase on one side of a 3″× 5″ card, and the English translation on the other side. Illustrate your flashcards when possible. Be sure to highlight any verb endings, accent marks, or other special spellings that will need a bit of extra attention.

GRAMMAR ACTIVITIES

- Underline or highlight all verb endings and adjective agreements. For example:
  Nosotros comemos pollo rico.

- Underline or highlight infinitive endings: **trabajar**.

- Underline or highlight accented letters. Say aloud and be louder on the accented letters. Listen carefully for the loudness. This will remind you where to write your accent mark. For example: **lápiz**, **lápices**, **árbol**, **árboles**

- When writing a sentence, be sure to ask yourself, "What do I mean? What am I trying to say?" Then check your sentence to be sure that you wrote what you wanted to say.

- Mark patterns with a highlighter. For example, for stem-changing verbs, you can draw a "boot" around the letters that change:

vuelvo   volvemos
vuelves   volvéis
vuelve   vuelven

READING AND CULTURE SECTIONS

- Read the strategy box. Copy the graphic organizer so you can fill it out as you read.

- Look at the title and subtitles before you begin to read. Then look at and study any photos and read the captions. Translate the captions only if you can't understand them at all. Before you begin to read, guess what the selection will be about. What do you think that you will learn? What do you already know about this topic?

- Read any comprehension questions before beginning to read the paragraphs. This will help you focus on the upcoming reading selection. Copy the questions and highlight key words.

- Reread one or two of the questions and then go to the text. Begin to read the selection carefully. Read it again. On a sticky note, write down the appropriate question number next to where the answer lies in the text. This will help you keep track of what the questions have asked you and will help you focus when you go back to reread it later, perhaps in preparation for a quiz or test.

- Highlight any new words. Make a list or flashcards of new words. Look up their meanings. Study them. Quiz yourself or have a partner quiz you. Then go back to the comprehension questions and check your answers from memory. Look back at the text if you need to verify your answers.

PAIRED PRACTICE EXERCISES

- If there is an exercise for partners, practice both parts at home.

- If no partner is available, write out both scripts and practice both roles aloud. Highlight and underline key words, verb endings, and accent marks.

WRITING PROJECTS

- Brainstorm ideas before writing.

- Make lists of your ideas.

- Put numbers next to the ideas to determine the order in which you want to write about them.

- Group your ideas into paragraphs.

- Skip lines in your rough draft.

- Have a partner read your work and give you feedback on the meaning and language structure.

- Set it aside and reread it at least once before doing a final draft. Double-check verb endings, adjective agreements, and accents.

- Read it once again to check that you said what you meant to say.

- Be sure to have a title and any necessary illustrations or bibliography.

Did You Get It? *Presentación de vocabulario*

| ¡AVANZA! | **Goal:** Learn to talk about people, personal characteristics, and specific professions. |

Talk about people

- There are many ways to talk about people, their professions, and their personal traits. Read and study some of these ways below.

Positive traits

atrevido(a) *(daring)*
modesto(a) *(modest)*
comprensivo(a) *(understanding)*
considerado(a) *(considerate)*
paciente *(patient)*
dedicado(a) *(dedicated)*
popular *(popular)*
fiel *(faithful)*
razonable *(reasonable)*
generoso(a) *(generous)*
sincero(a) *(sincere)*
sobresaliente *(outstanding)*
ingenioso(a) *(clever)*
tímido(a) *(shy)*

Negative traits

impaciente *(impatient)*
vanidoso(a) *(vain)*
orgulloso(a) *(proud)*
desagradable *(disagreeable)*
presumido(a) *(presumptuous)*

Professions

el (la) astronauta *(astronaut)*
el (la) electricista *(electrician)*
el (la) científico(a) *(scientist)*
el (la) mecánico(a) *(mechanic)*
el (la) detective *(detective)*
el (la) piloto *(pilot)*

Behavior and actions

prohibir que *(to prohibit that)*
la conducta *(behavior)*
exigir que *(to demand that)*
comportarse bien / mal *(to behave well / badly)*
aconsejar que *(to advise that)*

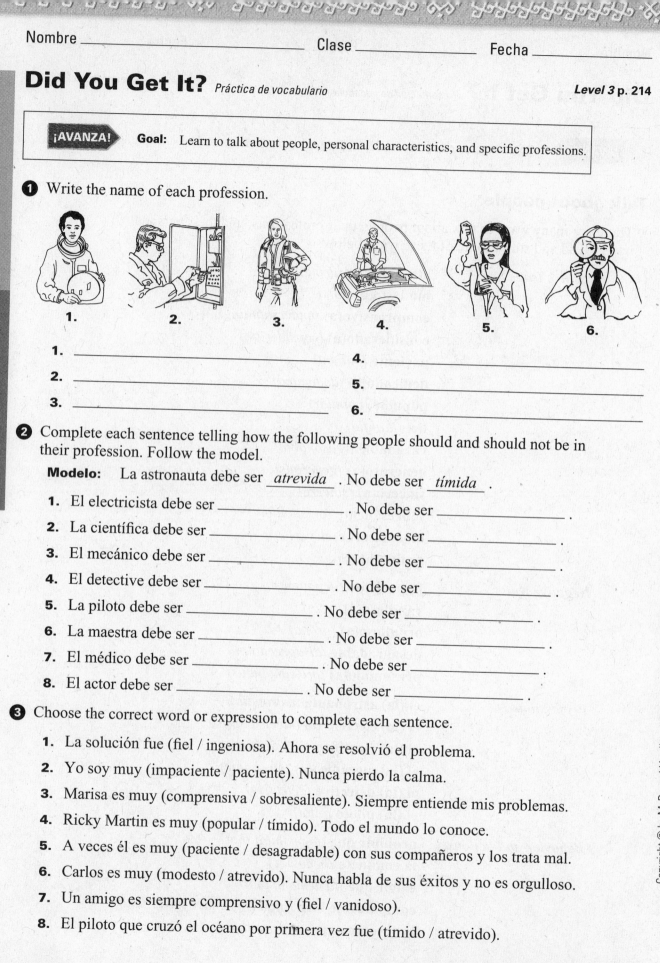

Did You Get It? *Práctica de vocabulario*

Level 3 p. 214

¡AVANZA! **Goal:** Learn to talk about people, personal characteristics, and specific professions.

UNIDAD 4 Lección 1

Reteaching and Practice

1 Write the name of each profession.

1. _____   2. _____   3. _____   4. _____   5. _____   6. _____

1. _____   4. _____
2. _____   5. _____
3. _____   6. _____

2 Complete each sentence telling how the following people should and should not be in their profession. Follow the model.

Modelo: La astronauta debe ser _atrevida_ . No debe ser _tímida_ .

1. El electricista debe ser _____ . No debe ser _____ .
2. La científica debe ser _____ . No debe ser _____ .
3. El mecánico debe ser _____ . No debe ser _____ .
4. El detective debe ser _____ . No debe ser _____ .
5. La piloto debe ser _____ . No debe ser _____ .
6. La maestra debe ser _____ . No debe ser _____ .
7. El médico debe ser _____ . No debe ser _____ .
8. El actor debe ser _____ . No debe ser _____ .

3 Choose the correct word or expression to complete each sentence.

1. La solución fue (fiel / ingeniosa). Ahora se resolvió el problema.
2. Yo soy muy (impaciente / paciente). Nunca pierdo la calma.
3. Marisa es muy (comprensiva / sobresaliente). Siempre entiende mis problemas.
4. Ricky Martin es muy (popular / tímido). Todo el mundo lo conoce.
5. A veces él es muy (paciente / desagradable) con sus compañeros y los trata mal.
6. Carlos es muy (modesto / atrevido). Nunca habla de sus éxitos y no es orgulloso.
7. Un amigo es siempre comprensivo y (fiel / vanidoso).
8. El piloto que cruzó el océano por primera vez fue (tímido / atrevido).

4 Write the most logical choice to complete each sentence. Use each word from the box only once.

mecánico	exige	conducta	me aconseja	prohíbo
astronautas	detective	piloto	se comporta	electricista

1. Pedro tiene muy mala _____ . No respeta a sus maestros.

2. Neil Armstrong fue uno de los _____ de la *Apolo 11*. Fue la primera persona que caminó sobre la Luna.

3. El _____ estaba enfermo. Por eso, el avión salió tarde.

4. No fumes en mi casa, por favor. Te lo_____ .

5. Nuestro carro no funciona. Mi padre lo va a llevar al _____ .

6. Hubo un robo *(robbery)* en la tienda. Un _____ vino a investigar.

7. Juanito es un buen chico. Siempre _____ bien.

8. Quiero sacar buenas notas. Mi maestro _____ que estudie más.

9. No puedo encender la luz. ¿Llamo al _____?

10. Marina le _____ demasiados regalos a su novio.

5 Write sentences describing three people you know. Follow the model.

Modelo: *Mi madre es una mujer comprensiva. Siempre está lista para ayudar a otros. También es generosa. Da dinero a las personas sin hogar y trabaja de voluntaria en un hogar de ancianos.*

1. _____

_____

_____

2. _____

_____

_____

3. _____

_____

_____

Did You Get It? *Presentación de gramática*

UNIDAD 4 Lección 1

Reteaching and Practice

¡AVANZA!	**Goal:**	Review and practice the use of the subjunctive with verbs that express hopes or wishes.

Review of subjunctive with Ojalá and verbs of hope

- Read and compare the sentences in Column A and Column B. How are they alike? How are they different?

Column A	Column B
Mamá **quiere que** *tú* **regreses** a las diez. *(Mom wants you to return at ten o'clock.)*	*Tú* **quieres regresar** a las diez. *(You want to return at ten o'clock.)*
Nosotros **esperamos que** *Juan* **gane** el partido. *(We hope that Juan wins the game.)*	*Juan* **espera ganar** el partido. *(Juan hopes to win the game.)*
Yo **deseo que** *Lucía* **aprenda** español. *(I wish that Lucía would learn Spanish.)*	*Lucía* **desea aprender** español. *(Lucía wishes to learn Spanish.)*

EXPLANATION: The sentences in Column A and Column B are alike in that the main verb in each sentence is a **verb of hope**—**querer** (*to want*), **esperar** (*to hope*), and **desear** (*to wish*), respectively. The sentences in Column A and Column B are different in that the sentences in Column A have a change of subject—from **Mamá** to **tú**, from **Nosotros** to **Juan**, and from **Yo** to **Lucía**, respectively. Also, in Column A, the main verb in each sentence is followed by **que** and a second verb in the **subjunctive**. In Column B, there is no change of subject. Therefore, the infinitive is used. Below is the pattern for each column.

Column A

Verb of hope + **que** + different subject + subjunctive

Column B

Verb of hope + infinitive

- Read and study the sentences below, paying attention to the boldfaced words.

Ojalá no tenga un examen mañana.

(I hope I don't have a test tomorrow.)

Ojalá que vengan a tiempo.

(I hope that they come on time.)

EXPLANATION: Ojalá also expresses hope. It has only one format and cannot be conjugated. **Ojalá** can be used with or without **que**. Either way, it is used with the *subjunctive*.

Did You Get It? *Práctica de gramática*

| ¡AVANZA! | **Goal:** | Review and practice the use of the subjunctive with verbs that express hopes or wishes. |

1 Complete each sentence with the correct subjunctive form of each verb in parentheses.

1. Mis padres esperan que yo _____ buena conducta. (tener)

2. Ojalá que Álvaro _____ un buen amigo. (encontrar)

3. El detective espera que nosotros _____ sincero. (ser)

4. Nosotros queremos que Amalia _____ a la fiesta. (venir)

5. Tu padre desea que nosotros _____ todas las noches. (estudiar)

6. Espero que el mecánico _____ mi carro. (arreglar)

7. Nosotros queremos que Juan y Luis _____ de la comida. (encargarse)

8. El jefe quiere que todos _____ a las ocho. (llegar)

2 Form sentences using the model as a guide.

Modelo: el director de la orquesta / esperar / que los violinistas / tocar bien
El director de la orquesta espera que los violinistas toquen bien.

1. papá / desear / que nosotros / bañar al perro todas las semanas

_____

2. nuestros padres / querer / que nosotros / comportarse bien en la escuela

_____

3. el astronauta / querer / que los mecánicos / arreglar el problema

_____

4. los científicos / esperar / que el gobierno / tomar medidas

_____

5. el director / no querer / que los niños / entrar en la fábrica

_____

6. ustedes / desear / que los alumnos / ser pacientes

_____

7. los padres / querer / que sus hijos / respirar aire puro

_____

8. yo / esperar / que Joaquín / entender la situación

_____

UNIDAD 4 Lección 1 Reteaching and Practice

❸ Form sentences with the subjunctive, indicative, or infinitive of the verb, as needed. Follow the models.

Modelos: El piloto / querer / que los pasajeros / salir del avión

El piloto quiere que los pasajeros salgan del avión.

Mis amigos y yo / desear / comer a las doce

Mis amigos y yo deseamos comer a las doce.

1. mi madre / querer / que mi padre / llamar al electricista

_____

2. Jaime / esperar / que sus compañeros / ser pacientes

_____

3. yo / desear / ser más considerado

_____

4. los científicos / esperar / que el nuevo jefe / ser más razonable

_____

5. yo / esperar / que mis amigos / decirme la verdad

_____

6. Jacinta y Juan / querer / ayudar a sus amigos

_____

❹ Translate the following sentences into Spanish.

1. I hope you will behave.

_____

2. I wish Juan would bring the movie.

_____

3. The teacher wants you to do your homework.

_____

4. Parents hope their children study hard.

_____

5. He wants you (*tú*) to call your mother.

_____

6. Miguel wants to go to the movies.

_____

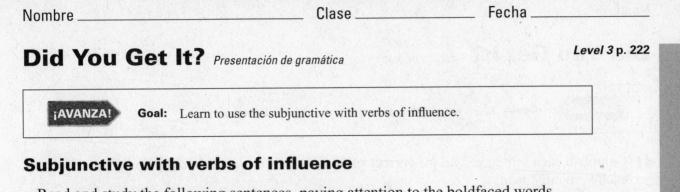

Did You Get It? *Presentación de gramática*

Level 3 p. 222

¡AVANZA!   **Goal:**   Learn to use the subjunctive with verbs of influence.

Subjunctive with verbs of influence

- Read and study the following sentences, paying attention to the boldfaced words. What do all of the main verbs have in common?

  Sugiero que tú leas la nueva novela de Rosa Montero.
  *(I **suggest** that you read the new novel by Rosa Montero.)*

  Lidia **recomienda** que yo lea la nueva novela.
  *(Lidia **recommends** that I read the new novel.)*

  Mi mamá **insiste en** que yo vaya al cine con mi hermanita.
  *(My mother **insists** that I go to the movies with my little sister.)*

  Te **aconsejo** que te comportes bien con los invitados.
  *(I **advise** you to behave well with the guests.)*

  Pablo **pide** que tú vengas a su casa mañana.
  *(Pablo **asks** that you come to his house tomorrow.)*

EXPLANATION: All of the boldfaced verbs are *verbs of influence*. In other words, they are verbs that try to influence the actions of others, by suggesting, recommending, insisting, advising, or requesting. As with verbs of hope, you also use the *subjunctive* after verbs of influence when they are followed by **que** and a change of subject. There are many verbs of influence. Read and study those listed in the chart below.

Verbs of influence		
aconsejar (*to advise*)	**dejar** (*to allow*)	**mandar** (*to order*)
exigir (*to demand*)	**insistir (en)** (*to insist*)	**prohibir** (*to forbid, prohibit*)
recomendar (*to recommend*)	**sugerir** (*to suggest*)	**pedir** (*to request*)

UNIDAD 4 Lección 1

Reteaching and Practice

Did You Get It? *Práctica de gramática*

> **¡AVANZA!** **Goal:** Learn to use the subjunctive with verbs of influence.

❶ Complete each sentence with the correct subjunctive form of a verb in the box. Use each verb only once.

decir	apagar	acompañar	hacer
cantar	conversar	comportarse	salir

1. El electricista recomienda que nosotros _____ las luces durante una tormenta (*storm*).

2. El médico me aconseja que _____ ejercicios todos los días.

3. El maestro no deja que sus estudiantes _____ en la clase.

4. El detective insiste en que le _____ todo lo que viste.

5. Los niños quieren que tú _____ una canción.

6. Mi padre me prohíbe que _____ de casa después de las once.

7. Espero que mi hermano me _____ al cine.

8. Tus amigos esperan que tú _____ bien en la fiesta.

❷ Use the infinitive or the subjunctive form of the verbs in parentheses to complete each sentence.

1. El detective quiere _____ las pruebas y que tú _____ algunas preguntas. (ver / responder)

2. Quiero _____ a la fiesta, pero Sonia quiere que nosotros _____ en casa. (ir / quedarse)

3. El maestro desea que yo _____ la tarea en la biblioteca, pero la bibliotecaria (*librarian*) no la quiere _____ hoy. (hacer / abrir)

4. Mario quiere que tú _____ los refrescos a la fiesta y Lucía pide que tú _____ la música. (traer / poner)

5. Te sugiero que _____ con tu hermana. Ella quiere _____ el problema. (hablar / resolver)

6. Carlos me pide que _____ todas las puertas porque él quiere _____ inmediatamente. (cerrar / irse)

7. El maestro sugiere que tú _____ de la investigación y que yo _____ en Internet los artículos sobre el tema. (encargarse / buscar)

8. Él quiere _____ música toda la tarde, pero yo deseo _____ por la ciudad. (escuchar / pasear)

❸ Form sentences using the model as a guide.

Modelo: Pedro / recomendar / nosotros / ver una película.
Pedro recomienda que nosotros veamos una película.

1. Pablo / querer / el electricista / poner la lámpara en la cocina

_____

2. el científico / aconsejar / los ciudadanos / ahorrar agua

_____

3. nosotros / insistir en / la fiesta / ser / en casa de Pedro

_____

4. tus padres / pedirte / tú / no comportarse mal

_____

5. yo / exigir / Elisa y Alberto / ser / generosos con Magda

_____

6. el maestro / sugerir / nosotros / ser menos impacientes

_____

7. la ley / mandar / las fábricas / no contaminar el río

_____

8. un amigo fiel / exigir / sus amigos / ser sinceros

_____

9. Lázaro / prohibir / yo / hablar con su hermana

_____

10. mi padre / insistir en / yo / regresar a casa antes de las doce

_____

❹ Use verbs such as **aconsejar**, **insistir**, **sugerir**, **querer**, **recomendar**, **mandar**, and so on, and the subjunctive to say what the following people expect of you. Follow the model.

Modelo: *Mis padres me aconsejan que saque buenas notas.*

1. tus padres _____

2. tu(s) hermano(s) _____

3. todos tus amigos _____

4. tus compañeros de clase _____

5. tu mejor amigo(a) _____

6. tu maestro(a) de español _____

♻ **¿Recuerdas?**

Ser vs. estar

- You have learned how to use the verbs **ser** and **estar**. Read and study the following examples.

> La muchacha **es** muy bonita. *(The girl **is** very beautiful.)*
> La muchacha **está** en clase ahora. *(The girl **is** in class now.)*
>
> El cómico **es** aburrido. *(The comedian **is** boring.)*
> El público **está** aburrido. *(The audience **is** bored.)*

Remember that **ser** and **estar** both mean "to be." They are used in different situations and have different meanings.

Práctica

❶ Complete each sentence with the correct form of **ser** and **estar**.

1. La reunión _____ en el salón 3A. Ese salón _____ en el tercer piso.

2. El salón _____ muy grande, pero hoy _____ lleno.

3. Juan _____ enojado con Mariana. Dice que ella _____ muy desagradable.

4. Carlos y Adrián _____ muy buenos amigos, pero hace días que _____ enojados.

5. Mis tíos _____ científicos. Su laboratorio _____ en California.

6. (Nosotros) _____ preocupados. _____ las tres de la mañana y no sabemos dónde _____ Juan.

7. Tú _____ equivocado. Lo que dices no _____ cierto.

❷ Translate the following sentences into Spanish.

1. Madrid is in Spain. _____

2. My uncle is a veterinarian. _____

3. Ana is fine today, but yesterday she was sick. _____

4. Antonio has many friends and is very popular. _____

5. My mother is a very generous woman. _____

6. It's six o'clock. Where is Felipe? _____

7. Where are your cousins from? _____

8. Where are the books I bought yesterday? _____

♻ ¿Recuerdas?

The future

- You have learned that the future tense of regular verbs is formed by adding these endings to the infinitive: **-é, -ás, -á, -emos, -éis, -án**. You also learned that some verbs have irregular stems in the future tense. Review these verbs, but remember that they still take the same endings.

Infinitive	Future stem	Infinitive	Future stem	Infinitive	Future stem
saber	sabr-	salir	saldr-	decir	dir-
haber	habr-	poner	pondr-	hacer	har-
poder	podr-	tener	tendr-		
querer	querr-	venir	vendr-		

Práctica

① Complete each sentence in the future tense, using an appropriate verb from the box.

hacer	terminar	traer	tomar	resolver	comportarse
escribir	cantar		hablar	arreglar	venir

1. Camilo _____ a mi casa hoy y me _____ un libro.

2. La semana que viene Amalia y Carla _____ un viaje a San Diego.

3. Juan dijo que mañana _____ bien en la clase.

4. La astronauta _____ fotos de la Luna.

5. En el futuro, los científicos _____ el problema de la contaminación.

6. Carlos _____ con su padre sobre esta situación.

7. El mecánico _____ nuestro carro.

8. Los estudiantes _____ una composición sobre la contaminación.

9. El concierto comenzará a las ocho y _____ a las diez.

10. Tú _____ tres canciones, ¿verdad?

② Plan your ideal vacation. Write a brief paragraph telling where you will go, with whom, and what you will do there.

_____

_____

_____

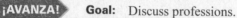

Did You Get It? *Presentación de vocabulario*

> ¡AVANZA!   **Goal:**   Discuss professions.

Talking about professions

- Have you decided on a profession for yourself? Do any of the following interest you?

el (la) carpintero(a) *(carpenter)*	**el (la) político(a)** *(politician)*
el (la) secretario(a) *(secretary)*	**el (la) policía** *(police officer)*
el (la) músico(a) *(musician)*	**el (la) artista** *(artist)*
el (la) veterinario(a) *(veterinarian)*	**el (la) cartero(a)** *(mail carrier)*
el (la) periodista *(journalist)*	**el (la) bombero(a)** *(firefighter)*

- Maybe you're not sure what profession you will choose. If so, here are some expressions that will help you talk about your uncertainty.

    no creer que *(not to believe that)*

    es improbable que *(it is improbable/unlikely that)*

    dudar que *(to doubt that)*

    no estar seguro(a) (de) que *(not to be sure that)*

    sorprenderse de que *(to be surprised that)*

    por lo tanto *(therefore)*

    por eso *(for that reason, that's why)*

    verdadero(a) *(real, true, sincere)*

    sin embargo *(nevertheless, however)*

- Some professions require specific qualities. For example, if you want to become **(convertirte en)** a firefighter, you will need to act **(actuar)** with bravery **(valentía)** and honor **(honor)**. You will need to be willing to risk **(arriesgar)** your own life to help others.

- Whatever goals **(metas)** you would like to achieve **(lograr)**, it is important to have a clear purpose **(propósito)** and be willing to fulfill your duties **(deberes)** no matter what profession you choose. It is also important to be practical **(práctico(a))** and realistic **(realista).** Ask your family and friends what they think would be a good profession for you. Their answers could be surprising **(sorprendentes)**! Picture yourself in your chosen profession. These images **(imágenes)** will help you think of yourself as an authentic professional **(un(a) auténtico(a) profesional).**

- The best ideas appear **(aparecen)** when you least expect them to! And who knows? Perhaps twenty years from now you can appear **(figurar en)** one of those "People of the Year" lists. Just don't forget your friendships **(amistades)** when you reach fame **(la fama)!**

Did You Get It? *Práctica de vocabulario*

| ¡AVANZA! | **Goal:** Discuss professions. |

1 Match each profession with its description.

1. Apaga los incendios.   el veterinario

2. Toca el piano.   el político

3. Entrega las cartas.   el artista

4. Entrevista a personas famosas.   el policía

5. Escribe cartas.   el carpintero

6. Hace esculturas.   el bombero

7. Protege a los ciudadanos.   el cartero

8. Representa a los ciudadanos.   el músico

9. Cuida a los animales.   el periodista

10. Hace muebles de madera.   el secretario

2 Complete the e-mail with the words in the box.

no dudo que	meta	imágenes	lograr	propósito
práctico	figurar	realista	fama	no creo que

A: Andrés

De: Jaime

Hola, Andrés:

¡Quiero ser actor! Sí, un gran actor. Ya tengo en la cabeza **1.** _____ de
estar delante del público. Quiero actuar en el teatro más famoso del mundo. Mis padres
dicen que debo ser más **2.** _____ y **3.** _____. Dicen que debo
investigar otras profesiones porque ser un actor famoso es difícil de **4.** _____ .
Estoy de acuerdo con ellos, pero **5.** _____ haya otra profesión para mí.
6. _____ seré un actor brillante y que un día podré **7.** _____ en
la lista de los grandes actores de todos los tiempos. Mi **8.** _____ no es ser rico
ni alcanzar la **9.** _____ . Mi **10.** _____ es ser un gran actor y
voy a seguir adelante. Y tú, ¿qué profesión quieres tener?

Tu amigo,

Jaime

❸ Choose the correct verb to complete each sentence.

1. Para (lograr / aparecer) ser bueno en tu profesión, tienes que trabajar mucho.

2. Un bombero o un policía siempre deben (convertirse en / actuar) con valentía.

3. Antes de ser famoso, un actor debe (arriesgar / imágenes) mucho.

4. Quiero (convertirme / figurar en) un escritor famoso, pero no sé cómo hacerlo.

5. Me gustaría ser como Bill Gates y (figurar / trabajar) en la lista de grandes empresarios.

6. Lo más importante son las (auténticos / amistades).

7. Los (deberes / amistades) de un policía son muy difíciles.

8. Yo quiero ser un (meta / auténtico) jugador de fútbol.

9. Pienso que es un (práctico / honor) servir a nuestro país.

10. Para ser bombero, debes ser una persona de mucha (valentía / meta).

❹ Write the following in Spanish.

1. It's unlikely that she's a firefighter.

_____

2. Ana wants to be an astronaut. Therefore, she's going to study hard.

_____

3. We doubt that he'll sing.

_____

4. I'm sure that she is listening to me.

_____

5. He doesn't believe that you live there.

_____

6. They're surprised that it's your birthday.

_____

7. You're not sure that he's here.

_____

8. Álex is a true friend.

_____

9. I want to be an actor. However, it's probable that I'll be a teacher.

_____

10. It's cold. That's why I'm wearing a jacket.

_____

Did You Get It? *Presentación de gramática*

> ►**¡AVANZA!** **Goal:** Learn how to use the subjunctive with expressions of doubt, denial, disbelief, and disagreement.

Subjunctive with doubt

- Read and study the following sentences. What do the boldfaced expressions all have in common?

    No estoy segura de que mi hermano se convierta en policía.
    (***I'm not sure that** my brother will become a policeman.*)

    Es improbable que Marta aparezca en la lista de personas famosas.
    (***It's unlikely that** Marta will appear on the list of famous people.*)

    No es verdad que tengas que ser un héroe para ser bombero.
    (***It's not true that** you have to be a hero in order to be a firefighter.*)

EXPLANATION: All of the boldfaced expressions indicate doubt or uncertainty. As with verbs of hope and verbs of emotion, you use the *subjunctive* after *expressions of doubt* when they are followed by **que** and a change of subject. Read and study more expressions of doubt in the chart below.

Expressions of doubt	
dudar *(to doubt)*	**es imposible** *(it's impossible)*
no es cierto *(it's not true)*	**es dudoso** *(it's doubtful)*
es improbable *(it's unlikely)*	**no es verdad** *(it's not true)*
no estar de acuerdo con *(to disagree)*	**no estar seguro(a) de** *(to be unsure)*

- Read and study the following sentences, paying attention to the boldfaced words. What happens when you put **no** in front of **dudar que** *(to doubt)*?

    Dudo que María **sea** carpintera.   *(I doubt Maria is a carpenter.)*

    No dudo que María es carpintera.   *(I have no doubt that Maria is a carpenter.)*

EXPLANATION: When you put **no** in front of **dudar que**, the meaning changes to one of certainty and the indicative is used.

Did You Get It? *Práctica de gramática*

> **¡AVANZA!** **Goal:** Learn how to use the subjunctive with expressions of doubt, denial, disbelief, and disagreement.

1 Subjunctive or indicative? Complete each sentence with the correct verb.

1. Es improbable que yo (soy / sea) propietario (*owner*) de mi propia empresa.

2. Creo que María (es / sea) una buena escritora.

3. No es cierto que Sara (invita / invite) a Juan a su fiesta.

4. Es cierto que Rosa (estudie / estudia) para ser policía.

5. No es posible que todos los bomberos (actúen / actúan) como héroes.

6. Me sorprende que tú (quieres / quieras) ser político.

7. Estoy seguro de que nosotros (vayamos / vamos) a ser muy famosos.

8. Pienso que tú (debes / debas) intentar lograr tus sueños profesionales.

9. Ellas no creen que Alejandro (aparece / aparezca) en la lista de estudiantes del año.

10. Les sorprende que usted (figure / figura) entre las estrellas de Hollywood.

2 Complete each mini-dialogue with the indicative or subjunctive of the verb, as appropriate.

1. *ir* —Le voy a pedir ayuda a mi amiga. Creo que ella me _____ a ayudar.

   —¡Buena idea! Es cierto que te _____ a ayudar.

2. *venir* —¿Sabes si Lupe _____ a la fiesta el sábado?

   —Es dudoso que _____. Ella está enferma.

3. *actuar* —Es imposible que Marco _____ en la comedia.

   —Marco tiene mucho talento. Es cierto que _____ en la comedia.

4. *conocer* —Creo que Linda _____ a un jugador de béisbol muy famoso.

   —Ella no sabe nada de béisbol. Es improbable que _____ a ese jugador.

5. *jugar* —Tu hermano siempre practica el tenis. No dudo que _____ bien.

   —Sí, es cierto que _____ bien.

6. *ser* —Pienso que la señora Ramsay _____ una buena maestra de español.

   —Es imposible que _____ una buena maestra de español. ¡Habla muy poco español!

3 Form sentences using the model as a guide.

Modelo: María y Carlos / no creer / Juan ser bombero

María y Carlos no creen que Juan sea bombero.

1. Alberto / dudar que / nosotros / lograr nuestros objetivos

_____

2. a mí / sorprenderme que / Ricardo / ser cartero

_____

3. tú / no pensar que / yo / lograr llegar a Broadway

_____

4. ella / creer que / Ramón / aparecer en la revista *Time*

_____

5. usted / estar seguro / yo / parecerme a mi padre

_____

6. Maritza / no creer que / sus amigos / venir a su casa

_____

4 Answer the questions in complete sentences.

1. ¿Te sorprende que Bill Gates sea tan famoso en todo el mundo?

_____

2. ¿Crees que el presidente de Estados Unidos figura en la lista de las personas más importantes del mundo?

_____

3. ¿Es cierto que para ser político es necesario ser honesto y sincero?

_____

4. ¿Es probable que en el futuro te conviertas en maestro de español?

_____

5. ¿Piensas que para ser cartero hay que tener mucha fuerza física?

_____

6. ¿No crees que los deberes de un veterinario sean difíciles?

_____

Did You Get It? *Presentación de gramática*

> **¡AVANZA!**   **Goal:**   Learn how to use the subjunctive with expressions of emotion.

Subjunctive with emotion

- Read and study the following sentences. What do the boldfaced expressions all have in common?

   Me alegro mucho de que estés bien después del accidente.
   (*I'm very happy that you are okay after the accident.*)

   Me sorprende que me hagas preguntas sobre mi futuro profesional.
   (*I'm surprised that you ask me questions about my professional future.*)

   Es una lástima que no estés aquí cuando te necesito tanto.
   (*It's a pity that you are not here when I need you so much.*)

   Me alegro de que estudies tanto para ser un buen abogado.
   (*It makes me happy that you study so much in order to become a good lawyer.*)

EXPLANATION: All of the boldfaced expressions indicate emotion. As with verbs of hope, emotion, and doubt, you use the *subjunctive* after *expressions of emotion*. Read more expressions of emotion in the chart below.

Expressions of emotion	
alegrarse (de) *(to be happy about)*	**es sorprendente** *(it's surprising)*
estar triste *(to be sad)*	**encantar** *(to love something)*
es triste *(it's sad)*	**gustar** *(to like)*
tener celos de *(to be jealous of)*	**enojarse** *(to get mad)*
estar contento(a) *(to be happy)*	**sorprenderse (de)** *(to be surprised (about))*
tener miedo de *(to be afraid of)*	**es una lástima** *(it's a pity)*
estar emocionado(a) *(to be moved)*	**sentir** *(to feel)*
temer *(to be afraid)*	**es una pena** *(it's a pity)*

Did You Get It? *Práctica de gramática*

┌───┐
│ **¡AVANZA!**   **Goal:** Learn how to use the subjunctive with expressions of emotion. │
└───┘

❶ Choose the correct verb for each sentence.

1. Estoy contento de que (vengas / vienes) a vivir en mi ciudad.

2. Me gusta que (eres / seas) un amigo tan fiel.

3. Me sorprende que no (tienes / tengas) nada que hacer hoy.

4. Es una lástima que no (te sientas / te sientes) bien.

5. Siento mucho que tu perro (esté / está) enfermo.

6. Me encanta que (quieras / quieres) ser veterinario.

7. Tengo celos de que (pasas / pases) todo tu tiempo libre con Ana.

8. Tengo miedo de que no (logres / logras) tus metas profesionales.

9. Es una pena que tu abuelo (está / esté) enfermo.

10. Temo que mañana (vaya / va) a llover.

❷ Complete the conversation with the correct subjunctive or indicative form of the verbs in the box. Use each verb only once.

┌──┐
│ **aprender**   **poder**   **acompañar**   **ir**   │
│   │
│ **viajar**   **tener**   **gustar**   **enseñar**   │
└──┘

Rolando: Hola, Isabel. ¿Cómo estás?

Isabel: Bien, Rolando. Tengo buenas noticias. Voy a Madrid este verano.

Rolando: ¡Qué bueno que tú _____ a Madrid! Espero que te _____ la ciudad. ¿Qué vas a hacer allí?

Isabel: Voy a tomar una clase de español y a estudiar la música española.

Rolando: Espero que _____ mucho y que después me _____ a mí todo lo que aprendiste. ¿Va también tu amiga Lupe?

Isabel: No, ella tiene que cuidar a su hermanito. Por eso, es imposible que _____ este verano.

Rolando: Es una lástima que ella no _____ ir contigo. Sin embargo, no dudo de que te _____ el próximo año.

Isabel: ¡Ojalá que _____ razón!

3 Use an expression from the box to write an appropriate response for each statement. Follow the model.

es una lástima	**es sorprendente**	**alegrarse de**	**gustar**
estar emocionado(a)	**es una pena**	**temer**	**sentir**
tener miedo	**estar contento(a)**	**estar triste**	**sorprenderse de**

Modelo: Estoy sin trabajo y no tengo dinero.

Es una lástima que estés sin trabajo y no tengas dinero.

1. No te lo vas a creer pero saqué una F en el examen de matemáticas.

_____

2. El veterinario piensa que mi gato va a estar bien en una semana.

_____

3. El policía dice que van a encontrar a los ladrones (*thieves*) muy pronto.

_____

4. El político no es sincero y dice muchas mentiras.

_____

5. ¿Sabes que mi hermana figura en la lista de mujeres empresarias de nuestra ciudad?

_____

6. La doctora piensa que mi padre está muy enfermo.

_____

7. El carpintero va a construir una casa de juguete para mi sobrina.

_____

8. No sé qué voy a hacer en el futuro, no me gusta ninguna profesión.

_____

♻ ¿Recuerdas?

Describing people

- Review the following list of adjectives to describe people.

atrevido(a) *(daring)*	**dedicado(a)** *(dedicated)*
ingenioso(a) *(clever)*	**popular** *(popular)*
paciente *(patient)*	**considerado(a)** *(considerate)*
honesto(a) *(honest)*	**generoso(a)** *(generous)*
impaciente *(impatient)*	**práctico(a)** *(practical)*
sincero(a) *(sincere)*	**tímido(a)** *(shy)*
razonable *(reasonable)*	**sobresaliente** *(outstanding)*

Práctica

Write sentences based on the model.

Modelo: el político   *El político debe ser sincero con los ciudadanos.*

1. el policía _____

2. el carpintero _____

3. la maestra de español _____

4. un buen amigo _____

5. la doctora _____

6. el artista _____

7. el astronauta _____

8. la dentista _____

9. el piloto _____

10. los padres_____

♻ ¿Recuerdas?

Superlatives

- Recall that superlatives help us express the highest or the lowest degree of comparison between several things. Review the sentences below.

> Antonio es **el más inteligente** de toda la clase.
> *(Antonio is **the most intelligent** of the entire class.)*

> Julia y Luisa son **las más simpáticas** de todo el grupo.
> *(Julia and Luisa are **the friendliest** ones in the whole group.)*

- Use the chart below as a reference.

MASCULINE	FEMININE
el más / los más	la más / las más
el menos / los menos	la menos / las menos

-ísimo

- Superlatives can also be formed using the endings **-ísimo**, **-ísimos**, **-ísima**, and **-ísimas**, depending on the gender and number of the noun they modify. Study the following sentences.

> La comida está **buenísima**.   Estos libros son **aburridísimos**.
> *(The food is **extremely good**.)*   *(These books are **extremely boring**.)*

Práctica

Answer the following questions based on the model.

> **Modelo:**   ¿Cómo es tu maestro de español?
>
> *Es inteligentísimo. Es el más inteligente de todos.*

1. ¿Cómo es tu nueva casa? _____

2. ¿Cómo es la novia de tu hermano? _____

3. ¿Cómo es tu clase de historia? _____

4. ¿Es muy famoso tu amigo Pedro? _____

5. ¿Es inteligente tu mascota? _____

6. ¿Es divertida tu amiga Laura? _____

Did You Get It? Answer Key

PRÁCTICA DE VOCABULARIO

PERSONAL CHARACTERISTICS, PROFESSIONS, pp. 2–3

❶
1. el astronauta
2. el electricista
3. la piloto
4. el mecánico
5. la científica
6. el detective

❷ Answers will vary.

❸
1. ingeniosa
2. paciente
3. comprensiva
5. popular
6. desagradable
7. modesto
8. fiel
9. atrevido

❹
1. conducta
2. astronautas
3. piloto
4. prohíbo
5. mecánico
6. detective
7. se comporta
8. me aconseja
9. electricista
10. exige

❺ Answers will vary.

PRÁCTICA DE GRAMÁTICA

SUBJUNCTIVE WITH HOPES OR WISHES, pp. 5–6

❶
1. tenga
2. encuentre
3. seamos
4. venga
5. estudiemos
6. arregle
7. se encarguen
8. lleguen

❷
1. Papá desea que nosotros bañemos al perro todas las semanas.
2. Nuestros padres quieren que nosotros nos comportemos bien en la escuela.
3. El astronauta quiere que los mecánicos arreglen el problema.
4. Los científicos esperan que el gobierno tome medidas.
5. El director no quiere que los niños entren en la fábrica.
6. Ustedes desean que los alumnos sean pacientes.
7. Los padres quieren que sus hijos respiren aire puro.
8. Yo espero que Joaquín entienda la situación.

❸
1. Mi madre quiere que mi padre llame al electricista.
2. Jaime espera que sus compañeros sean pacientes.
3. Yo deseo ser más considerado.
4. Los científicos esperan que el nuevo jefe sea más razonable.
5. Yo espero que mis amigos me digan la verdad.
6. Jacinta y Juan quieren ayudar a sus amigos.

Did You Get It? Answer Key

4

1. Espero que te comportes bien.
2. Deseo que Juan traiga la película.
3. El profesor quiere que hagas la tarea.
4. Los padres esperan que sus hijos estudien mucho.
5. Él quiere que llames a tu mamá.
6. Miguel quiere ir al cine.

PRÁCTICA DE GRAMÁTICA

SUBJUNCTIVE WITH VERBS OF INFLUENCE, pp. 8–9

1

1. apaguemos
2. haga
3. conversen
4. digas
5. cantes
6. salga
7. acompañe
8. te comportes

2

1. ver, respondas
2. ir, nos quedemos
3. haga, abrir
4. traigas, pongas
5. hables, resolver
6. cierre, irse
7. te encargues, busque
8. escuchar, pasear

3

1. Pablo quiere que el electricista ponga la lámpara en la cocina.
2. El científico aconseja que los ciudadanos ahorren agua.
3. Nosotros insistimos en que la fiesta sea en casa de Pedro.
4. Tus padres te piden que no te comportes mal.
5. Yo exijo que Elisa y Alberto sean generosos con Magda.
6. El maestro sugiere que nosotros seamos menos impacientes.
7. La ley manda que las fábricas no contaminen el río.
8. Un amigo fiel exige que sus amigos sean sinceros.
9. Lázaro prohíbe que yo hable con su hermana.
10. Mi padre insiste en que yo regrese a casa antes de las doce.

4 Answers will vary.

Did You Get It? Answer Key

✿ ¿RECUERDAS?

SER VS. ESTAR, p. 10

Práctica

1

1. es, está
2. es, está
3. está, es
4. son, están
5. son, está
6. Estamos, Son, está
7. estás, es

2

1. Madrid está en España.
2. Mi tío es veterinario.
3. Ana está bien hoy, pero ayer estaba enferma.
4. Antonio tiene muchos amigos y es muy popular.
5. Mi madre es una mujer muy generosa.
6. Son las seis. ¿Dónde está Felipe?
7. ¿De dónde son tus primos?
8. ¿Dónde están los libros que compré ayer?

✿ ¿RECUERDAS?

THE FUTURE, p. 11

Práctica

1

1. vendrá, traerá
2. harán
3. se comportará
4. tomará
5. resolverán
6. hablará
7. arreglará
8. escribirán
9. terminará
10. cantarás

2 Answers will vary.

Did You Get It? Answer Key

PRÁCTICA DE VOCABULARIO

PROFESSIONS, pp. 13–14

❶

1. Apaga los incendios... el bombero
2. Toca el piano... el músico
3. Entrega las cartas... el cartero
4. Entrevista a personas famosas... el periodista
5. Escribe cartas... el secretario
6. Hace esculturas... el artista
7. Protege a los ciudadanos... el policía
8. Representa a los ciudadanos... el político
9. Cuida a los animales... el veterinario
10. Hace muebles de madera... el carpintero

❷

1. imágenes
2. realista
3. práctico
4. lograr
5. no creo que
6. No dudo que
7. figurar
8. meta
9. fama
10. propósito

❸

1. lograr
2. actuar
3. arriesgar
4. convertirme
5. figurar
6. amistades
7. deberes
8. auténtico
9. honor
10. valentía

❹

1. Es improbable que ella sea una bombera.
2. Ana quiere ser astronauta. Por lo tanto, ella estudiará mucho.
3. Dudamos que él cante.
4. Estoy seguro de que ella me está escuchando.
5. Él no cree que tú vivas allí.
6. Se sorprenden que sea tu cumpleaños.
7. No estás seguro que esté aquí.
8. Álex es un amigo auténtico.
9. Quiero ser actor. Sin embargo, es probable que sea profesor.
10. Hace frío. Por eso llevo una chaqueta.

Did You Get It? Answer Key

PRÁCTICA DE GRAMÁTICA

SUBJUNCTIVE WITH DOUBT, pp. 16–17

❶

1. sea
2. es
3. invite
4. estudia
5. actúen
6. quieras
7. vamos
8. debes
9. aparezca
10. figure

❷

1. va, va
2. viene, venga
3. actúe, actúa
4. conoce, conozca
5. juega, juega
6. es, sea

❸

1. Alberto duda que nosotros logremos nuestros objetivos.
2. A mí me sorprende que Ricardo sea cartero.
3. Tú no piensas que yo logre llegar a Broadway.
4. Ella cree que Ramón aparece en la revista Time.
5. Usted está seguro de que yo me parezco a mi padre.
6. Maritza no cree que sus amigos vengan a su casa.

❹ Answers will vary.

Did You Get It? Answer Key

PRÁCTICA DE GRAMÁTICA

SUBJUNCTIVE WITH EMOTION, pp. 19–20

1

1. vengas
2. seas
3. tengas
4. te sientas
5. esté
6. quieras
7. pases
8. logres
9. esté
10. vaya

2 vayas, guste, aprendas, enseñes, viaje, pueda, acompaña, tengas

3 Answers will vary.

¿RECUERDAS?

DESCRIBING PEOPLE, p. 21

Práctica

   Answers will vary.

¿RECUERDAS?

SUPERLATIVES, p. 22

Práctica

   Answers will vary.

¡Perdidos! *Práctica de vocabulario*

Tonight there is a parent-teacher meeting at school and these parents are lost in the school gym. Read the clues about each parent, and follow the path to help each student find his or her parent.

A mi madre le gusta solucionar los misterios para otras personas.
Es _____ .

A mi madre le gusta trabajar en la computadora todo el día.
Es _____ .

Mi madre hizo un invento y ya tiene un patente.
Es _____ .

Mi madre se encarga de cien personas en su oficina.
Es _____ .

El taller *Vocabulario en contexto*

Juan's dad is a mechanic and runs a large repair shop. Today things are a little strange, and he has some unusual visitors. Circle all the people that you would not expect to see in a mechanic's shop. Write them on the lines below.

1. _____   2. _____

3. _____   4. _____

5. _____

UNIDAD 4 Lección 1

Practice Games

Copyright © by McDougal Littell, a division of Houghton Mifflin Company.

Soñando en la biblioteca *Práctica de gramática 1*

Marisol, Jorge, Cristina, Óscar and Amalia are in the library, where they are supposed to be studying. Instead, each one is daydreaming. Using their thought bubbles as clues and the verbs in parentheses, complete each of the sentences either with the infinitive of the verbs or with **que** + student's name + the subjunctive.

1. Cristina quiere que _____ (acompañarle) al cine.

2. Marisol espera _____ (sacar) una buena nota en su examen.

3. Óscar piensa: Ojalá que _____ (ganar) al otro equipo en el partido de fútbol.

4. Amalia no quiere _____ (ir) de compras sin Marisol y Cristina.

5. Jorge desea _____ (comprar) un disco compacto nuevo.

De vacaciones *Gramática en contexto*

Two different families are on vacation in the Caribbean. Complete the sentences below with the correct form of the verb in parentheses to find out what each person hopes to do while on vacation. Then, using the sentences as clues, deduce who is related to whom by determining who is vacationing on the same island.

1. Marisa quiere que su familia _____ (visitar) la antigua casa de Ricky Martin.

2. Álvaro desea que su familia _____ (estar) todo el día en las playas de Punta Cana.

3. La señora Muñoz quiere _____ (visitar) el lugar donde Julia Álvarez escribió su primer libro.

4. El señor Egea desea que todos _____ (comer) arroz con mariscos en San Juan.

5. Rodrigo espera que sus papás les _____ (dejar) ir al Carnaval de Ponce.

6. Paquita quiere que sus padres _____ (comprarle) fruta tropical en Santo Domingo.

_____ y _____ Egea están de vacaciones con su familia en Puerto Rico.

_____ y _____ Muñoz están de vacaiones con su familia en la República Dominicana.

Copyright © by McDougal Littell, a division of Houghton Mifflin Company.

Cuando sea mayor... *Práctica de gramática 2*

The career counselor at school is giving students advice about how to achieve their goals. Complete each of his sentences with the correct profession from the box below and the correct form of the verbs in parentheses.

astronauta	científico	electricista
empresario	entrenador	mecánico
piloto	programador	trabajador social

1. Ana, te sugiero que _____ (ser) _____ porque te gusta resolver los problemas de la gente.

2. Recomiendo que Paco _____ (trabajar) para ser comprensivo con sus jugadores si quiere ser _____ .

3. Noelia y Carmen, para ser _____ , les aconsejo que _____ (estudiar) mucho en las clases de astronomía y física y que _____ (mantenerse) en forma.

4. Exijo que Antonio _____ (entender) bien las computadoras si espera ser _____ .

5. Para ser _____ con mucho éxito, les recomiendan que _____ (ser) ingeniosos y dedicados, ¡pero que NO _____ comportarse como Donald Trump!

UNIDAD 4 Lección 1   Practice Games

Vocaciones perdidas *Todo junto*

The guidance counselor is organizing the business cards of the presenters who are coming for Career Day. Unfortunately, she ripped a few of them when she was taking them out of her briefcase. Look at the following cards and help her decide which profession each one is for.

Vocación: _____

Características: dedicado, paciente

Se exige que estudien mucho en las clases de: matemáticas y ciencias

Se recomienda que idealice a: Marie Curie, Louis Pasteur

Vocación: _____

Características: atrevido, sobresaliente

Se exige que estudien mucho en las clases de: matemáticas y ciencias

Se recomienda que idealice a: John Glenn, Neil Armstrong

Vocación: _____

Características: generoso, razonable

Se exige que estudien mucho en la clase de: educación física

Se recomienda que idealice a: Knute Rockne, Joe Torre

Vocación: _____

Características: ingenioso, dedicado

Se exige que estudien mucho en las clases de: historia y literatura

Se recomienda que idealice a: Sherlock Holmes

¿Qué debe ser? *Lectura cultural*

Jaime can't figure out what career to pursue. Use the clues to fill in the blanks that
describe three of his personality traits. Then use the code numbers below the words to
determine Jaime's future job.

A. Una persona con esta cualidad puede

esperar mucho por los resultados. Es ____ ____ ____ ____ ____ ____ ____ ____ .

                                                      1   2   3   4   5   6   7   8

B. Este tipo de persona no tiene miedo de

tomar riesgos. Es ____ ____ ____ ____ ____ ____ ____ ____ .

                              9   10 11   12   13   14   15   16

C. Esta persona tiene ideas únicas y

especiales y es muy inteligente. Es ____ ____ ____ ____ ____ ____ ____ ____ ____ .

                        17   18   19   20   21   22   23   24   25

Jamie debe ser ____ ____ ____ ____ ____ ____ ____ ____ ____ .

             15   5   10   12   3   7   14   13   20

UNIDAD 4 Lección 1   Practice Games

Sopa de letras *Repaso de la lección*

Find and circle the verb that completes each of the sentences below. Then start at the top and write down the first 9 uncircled letters on the spaces below. Unscramble them to complete the sentence that follows.

```
T  L  S  O  R  S  H  R  U  I  S
O  E  L  O  G  O  A  A  S  D  E
K  S  C  K  M  J  J  E  G  E  A
N  A  Z  O  A  A  E  Y  H  A  F
Q  G  W  I  M  X  Y  C  J  L  T
E  N  V  N  T  P  I  A  M  I  K
T  E  Z  I  M  R  O  I  V  C  L
U  T  N  S  E  P  A  R  Z  E  A
Y  G  Y  V  C  E  H  A  T  N  X
A  R  A  J  A  B  A  R  T  E  N
V  U  S  A  X  B  N  C  N  B  S
```

1. Deseo que los niños no _____ (idealizar) a las personas vanidosas.

2. La maestra exige que yo _____ (saber) todos los verbos irregulares.

3. Alejandro aconseja que nosotros _____ (ir) al cine temprano para comprar las entradas.

4. Lorena espera _____ (trabajar) como profesora algún día.

5. Yo insisto que tú _____ (comportarse) bien en casa de la abuela.

6. ¡Ojalá que la película _____ (ser) interesante y divertida!

7. Ellos desean que tú _____ (tener) éxito con el proyecto.

8. Los científicos esperan que ningún animal _____ (extinguirse).

9. La familia espera _____ (viajar) a Cuba este verano.

10. ¡Ojalá que _____ (hacer) buen tiempo mañana para el partido de básquetbol.

____ ____ ____ ____ ____ ____ ____ ____ ____

Mensaje escondido: Si completas esta actividad, deberías estar ____ de ti mismo.

____ ____ ____ ____ ____ ____ ____ ____ ____

UNIDAD 4 Lección 1   Practice Games

Ciudad confundida *Práctica de vocabulario*

It seems as if some of the people from the town pictured below have forgotten what they do for a living. Help them out by completing the sentences below with the job they ARE doing and the job they SHOULD BE doing.

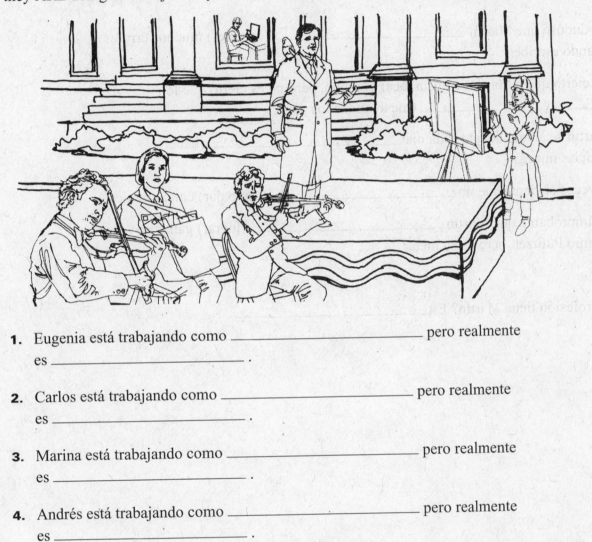

1. Eugenia está trabajando como _____ pero realmente

   es _____ .

2. Carlos está trabajando como _____ pero realmente

   es _____ .

3. Marina está trabajando como _____ pero realmente

   es _____ .

4. Andrés está trabajando como _____ pero realmente

   es _____ .

UNIDAD 4 Lección 2

Practice Games

Adivino que... *Vocabulario en contexto*

Complete each of the sentences below with the correct form of the verb in parentheses, then use the clues to decide what Martín's profession is.

1. Es dudoso que Martín _____ (cometer) muchos errores cuando escribe.

2. Es cierto que a Martín le gusta tocar el piano, pero no es cierto que lo _____ (tocar) todos los días.

3. Martín se alegra de que cada día _____ (haber) noticias nuevas.

4. A veces él siente que no _____ (trabajar) con animales.

5. Es improbable que Martín _____ (lograr) ganar un premio Pulitzer, pero es su meta.

¿Qué profesión tiene Martín? Es _____ .

Copyright © by McDougal Littell, a division of Houghton Mifflin Company.

Pronóstico del tiempo *Práctica de gramática 1*

The 5-day forecast below was published today in Puerto Rico's most popular newspaper. Complete the sentences below with the correct form of the verb in parentheses to see what each of the following San Juan residents think about the weather.

Lunes	Martes	Miércoles	Jueves	Viernes
73°F | 59°F	65°F | 52°F	95°F | 84°F	67°F | 61°F	66°F | 59°F

1. Es imposible que el lunes _____ (estar) nublado.

2. No estoy segura que _____ (llover) el martes.

3. Es improbable que el miércoles _____ (hacer) frío.

4. No dudo que _____ (hacer) viento el jueves.

5. No es verdad que _____ (nevar) el viernes.

De vacaciones *Gramática en contexto*

Javier is going on vacation with his best friend Gustavo's family. Complete Gustavo's email to Javier with the correct forms of the verbs in parentheses. Then, decide where they will be going on vacation.

A: Javier
DE: Gustavo

Javier:

No es cierto que allí _____ (llover) mucho ahora, así que no hace falta un paraguas (umbrella). Es improbable que nosotros no _____ (visitar) las ruinas de Chichén-Itzá. También, es dudoso que _____ (quedarnos) en el hotel todo el día — ¡quiero ir a las playas de Cancún! No estoy seguro si tú y yo _____ (poder) alquilar unas tablas de surf — ¿te gustaría aprender?

Bueno, compadre. Hablamos mañana.

Chao,

Gustavo

¿A qué país van de vacaciones? _____

¿Cómo se sienten...y cómo se llaman? *Práctica de gramática 2*

Use the pictures below to match each sentence with the appropriate ending to describe how each person feels. Then, use the number-letter combination to find the name of each person in the grid below.

	A	B	C	D
1	Luisa	Leona	Lidia	Leticia
2	Arturo	Ángel	Antonio	Álvaro
3	Diana	Davinia	Dina	Daniela
4	Cristina	Carla	Carmen	Carolina

	1. Está triste de que _____ ¿Cómo se llama? _____	**a.** ... a Pepita le duela la pierna.	
	2. Se enoja que _____ ¿Cómo se llama? _____	**b.** ... haya arañas y serpientes en el bosque.	
	3. Está celosa de que _____ ¿Cómo se llama? _____	**c.** ... saque malas notas en la clase de matemáticas.	
	4. Tiene miedo de que _____ ¿Cómo se llama? _____	**d.** ... que Marta tenga un vestido nuevo.	

UNIDAD 4 Lección 2   Practice Games

¿Qué será Daniela? *Todo junto*

¿Qué será Daniela? Daniela has finally figured out what her career is going to be. Use the clues to determine which of these girls is Daniela.

1. A Daniela le encantan los animales. Es posible que sea veterinaria.

2. A Daniela no le interesa mucho el arte. No es artística y no va a ser artista.

3. Daniela toca la guitarra muy bien y quiere que la música sea parte de su carrera.

4. Daniela escribe muy bien. Va a ser una periodista de música y animales.

¿Cuál es Daniela? _____

1.

2.

3.

4.

5.

6.

¿Qué quiere ser? *Lectura literaria*

Bianca knows exactly what she wants to be and what she needs to do to get there.
Use the clues to fill in the blanks that describe three things about her decision. Then
use the code numbers below the words to determine Bianca's future career.

A. Bianca sabe que va a tener que trabajar mucho

para conseguir su _____ .

$$\overline{}\ \overline{}\ \overline{}\ \overline{}$$
$$1\quad 2\quad 3\quad 4$$

B. Bianca quiere que todo el mundo la

conozca. Ella quiere _____ .

$$\overline{}\ \overline{}\ \overline{}\ \overline{}$$
$$5\quad 6\quad 7\quad 8$$

C. Bianca sabe que va a tener que dejar

muchas cosas. No tener tiempo libre será

un gran _____ .

$$\overline{}\ \overline{}\ \overline{}\ \overline{}\ \overline{}\ \overline{}\ \overline{}\ \overline{}\ \overline{}\ \overline{}$$
$$9\quad 10\ \ 11\ \ 12\ \ 13\ \ 14\ \ 15\ \ 16\ \ 17\ \ 18$$

Bianca quiere ser __ ú __ __ __ __ .
$$1\quad\ \ 9\ \ 13\ \ 16\ \ 6$$

Decisiones, decisiones... *Repaso de la lección*

Anita is making a list in order to decide what she wants to be when she gets older. Complete each sentence with the correct form of the verb in parentheses and then make a check in the appropriate column if the sentence points to her being a police officer or a firefighter.

1. Siento mucho que _____ (haber) tanto crimen en la ciudad donde vivo.

2. Es improbable que yo _____ (tener) miedo de apagar incendios (*fires*).

3. No creo que _____ (ser) un sacrificio tener que dormir en la estación.

4. Dudo que yo _____ (estar) cómoda llevando una pistola (*pistol*).

5. Es improbable que yo _____ (poder) subir a las plantas altas de los edificios—¡tengo miedo!

POLICÍA	BOMBERA

Anita quiere ser _____ .

Copyright © by McDougal Littell, a division of Houghton Mifflin Company.

Practice Games Answer Key

PAGE 29

Práctica de vocabulario

1. detective
2. programadora
3. científica
4. empresaria

PAGE 30

Vocabulario en contexto

1. el electricista
2. el astronauta
3. la piloto
4. la entrenedora
5. el director de cine

PAGE 31

Práctica de gramática 1

1. Jorge le acompañe
2. sacar
3. Jorge y yo ganemos
4. ir
5. comprar

PAGE 32

Gramática en contexto

1. visite
2. estén
3. visitar
4. coman
5. dejen
6. le compren

Marisa y Rodrigo Egea están de vacaciones con su familia en Puerto Rico.

Álvaro y Paquita Muñoz están de vacaciones con su familia en la República Dominicana.

UNIDAD 4 Lección 1   Practice Games Answer Key

Practice Games Answer Key

PAGE 33
Práctica de gramática 2

1. seas, trabajadora social
2. trabaje, entrenador
3. astronautas, estudien, se mantengan
4. entienda, programador
5. empresarios, sean, se comporten

PAGE 34
Todo junto

1. científico
2. astronauta
3. entrenador
4. detective

PAGE 35
Lectura literaria

A. paciente
B. atrevido
C. ingenioso

Jamie debe ser detective.

PAGE 36
Repaso de la lección

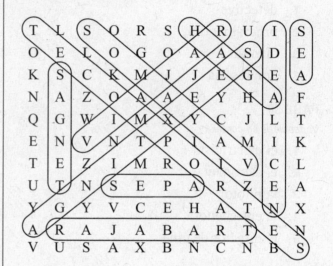

1. idealicen
2. sepa
3. vayamos
4. trabajar
5. te comportes
6. sea
7. tengas
8. se extinga
9. viajar
10. haga

Bonus: orgulloso

Practice Games Answer Key

PAGE 37

Práctica de vocabulario

1. artista, bombera
2. secretario, carpintero
3. música, cartera
4. político, veterinario

PAGE 38

Vocabulario en contexto

1. cometa
2. toque
3. haya
4. trabaje
5. logre

Bonus: periodista

PAGE 39

Práctica de gramática 1

1. esté
2. llueva
3. haga
4. hace
5. nieve

PAGE 40

Gramática en contexto

1. llueva
2. visitemos
3. nos quedemos
4. podamos

Bonus: México

Practice Games Answer Key

PAGE 41

Práctica de gramática 2

1. a; Luisa
2. c; Antonio
3. d; Daniela
4. b; Carla

PAGE 42

Todo junto

Daniela es 3.

PAGE 43

Lectura literaria

A. meta
B. fama
C. sacrificio

Bianca quiere ser música.

PAGE 44

Repaso de la lección

1. haya
2. tenga
3. sea
4. esté
5. pueda

Anita quiere ser bombera.

Video Activities *El Gran Desafío*

PRE-VIEWING ACTIVITY

Place a checkmark (✓) next to the following personality traits that describe you. Give a brief example of an instance in which you demonstrated each trait that you marked. Choose at least five traits.

_____ dedicado(a)   _____

_____ presumido(a)   _____

_____ comprensivo(a)   _____

_____ popular   _____

_____ paciente   _____

_____ generoso(a)   _____

_____ modesto(a)   _____

_____ atrevido(a)   _____

_____ vanidoso(a)   _____

_____ orgulloso(a)   _____

_____ tímido(a)   _____

_____ fiel   _____

VIEWING ACTIVITY

Read the following personality traits and the names of the characters in **El Gran Desafío**. While you watch the video, indicate with a checkmark (✓) how *each character views himself or herself.*

	Profesor Dávila	Luis	María	Marco	Ana	Carmen	José
popular							
tímido(a)							
sincero(a)							
orgulloso(a)							
atrevido(a)							
comprensivo(a)							
dedicado(a)							

Video Activities *El Gran Desafío*

POST-VIEWING ACTIVITY

Put the following events in the correct order.

_____ Ningún equipo gana los puntos porque no se conocen bien.

_____ Carmen y Ana llegan tarde a la mesa porque están leyendo.

_____ José y María no están de acuerdo sobre la identidad de un músico.

_____ El grupo sale de la casa rodante para comer en un restaurante.

_____ Carmen y Ana discuten sobre una artista en la revista.

_____ Tamara y Gilberto están muy emocionados.

_____ El profesor describe el desafío. Tienen que describir sus personalidades.

Why do you think the characters in **El Gran Desafío** were wrong in their descriptions of each other? Write a brief description about a time when someone had a misconception about you. Why did the misconception occur? How was it corrected? Do you think the characters in **El Gran Desafío** will get their misconceptions straightened out?

_____

_____

_____

_____

_____

_____

_____

_____

UNIDAD 4

Video Activities

50 Unidad 4
Video Activities

¡Avancemos! 3
Unit Resource Book

Video Activities Answer Key

EL GRAN DESAFÍO, UNIT 4 pp. 49–50

PRE-VIEWING ACTIVITY

1. Answers will vary.
2. Answers will vary.
3. Answers will vary.
4. Answers will vary.
5. Answers will vary.
6. Answers will vary.
7. Answers will vary.
8. Answers will vary.
9. Answers will vary.
10. Answers will vary.
11. Answers will vary.
12. Answers will vary.

POST-VIEWING ACTIVITY

Put the following events in the correct order.

1. 6
2. 2
3. 4
4. 1
5. 3
6. 7
7. 5

VIEWING ACTIVITY

	Profesor Dávila	Luis	María	Marco	Ana	Carmen	José
popular				✓			
tímido(a)		✓					
sincero(a)						✓	
orgulloso(a)			✓				
atrevido(a)					✓		
comprensivo(a)	✓						
dedicado(a)							✓

UNIDAD 4 Video Activities Answer Key

Video Scripts

EL GRAN DESAFÍO

Profesor Dávila: Vamos a almorzar en este restaurante.

Carmen: Siento llegar tarde. No sabía que ya estaban aquí todos.

Profesor Dávila: Bueno. Está bien, Carmen, pero les recomiendo que siempre lleguen temprano. Bueno, ahora... Marco, ¿podemos continuar?

Marco: Sí, claro, Profe.

Profesor Dávila: Quiero hablarles sobre su próximo desafío.

Marco: ¿Qué? No, profe, mire qué cansados estamos. Hasta Carmen, que es la más dedicada, mire la cara que tiene.

Profesor Dávila: Dudo que tú estés cansado, Marco, pero soy muy comprensivo y antes quiero que todos descansen un poco.

Ana: ¿Qué? ¿Ese es el desafío?

Profesor Dávila: No. Deben ser pacientes. Les aconsejo que se tomen unos minutos para conocer un poco más de cada uno.

Ana: Mira, Carmen, ella es la artista que te digo. Va a aparecer en la nueva novela. Dice aquí que puede convertirse en la próxima imagen sobresaliente de la televisión mexicana. Yo dudo que sea tan buena. Me sorprende que ya sea tan popular. Yo no creo que su fama sea para siempre.

Carmen: La verdad, yo no leo los chismes de esas revistas. No me interesa ni la imagen ni la fama de los artistas. Me gusta la fama de la gente común, como la de este entrenador. Dice aquí que es modesto y tímido, pero muy dedicado, y es también trabajador social.

José: No, no es cierto María. Por eso te digo que este señor no es un músico, y menos de rock. Mira la imagen que tiene. Parece un político más bien.

María: Sí, es un músico. Él aparece en la televisión, en el show de rock todas las noches. Pero no sé el nombre del grupo.

Luis: Parece un programador.

José: María, quizás lo viste representar al grupo como empresario.

Marco: Déjame ver. Ése es el vecino de mi abuela.

Profesor Dávila: Bueno jóvenes, llegó la hora del desafío. Quiero que escriban en esa tarjeta el adjetivo que mejor describa su personalidad. ¡Vamos! ¡Vamos! No tenemos mucho tiempo. ¡Muy bien! ¿Listos? Comenzamos con el equipo de Carmen y José. Ustedes deben decir cuál es el adjetivo que mejor describe a Luis y cuá es el que mejor describe a María. Recuerden, tienen una sola oportunidad.

Carmen y José: Ya lo tenemos.

Carmen: Luis es modesto.

José: María es vanidosa.

María: ¿Y por qué dices que soy vanidosa? ¿Sabes qué? Yo creo que tú eres desagradable.

Profesor Dávila: María y Luis, tienen una oportunidad con el equipo de Marco y Ana.

María: Marco es...

Ana: Vamos, María, ése está fácil.

María: Marco es presumido.

Profesor Dávila: Bien, María. Es casi correcto, pero no. Sin embargo, espero que ganes el punto. Primero, Luis tiene que decir el adjetivo correcto.

Luis: Ana es generosa.

María: ¡Luis! ¡Qué haces? ¡Te dije atrevida! ¡Atrevida!

Profesor Dávila: Marco y Ana, ahora ustedes deben decir un adjetivo para José y otro para Carmen.

Marco: Yo estoy listo. Digo que Carmen es orgullosa. ¡No! Sincera no. Eres orgullosa y vanidosa, pero sincera no. Ya no juego, profesor.

Profesor Dávila: Marco, esto no es un juego. Regresa aquí. ¿Ana?

Ana: Bien. Yo opino que José es fiel y comprensivo. Comprensivo.

Profesor Dávila: Bueno. Ningún equipo logró los puntos, pero estoy seguro de que ahora sí se conocen un poco más. Bien, es mejor que hagamos otro desafío antes del postre.

Todos: ¡No!

María: Otro desafío no. Postre. Sí, queremos postre.

Profesor Dávila: Bueno, la verdad, dudo que alguno de ustedes sea tímido.

Audio Scripts

**UNIDAD 4, LECCIÓN 1
TEXTBOOK SCRIPTS
TXT CD 7**

PRESENTACIÓN DE VOCABULARIO

Level 3 Textbook pp. 212-213

TXT CD 7, Track 1

A. Hola, mi nombre es Inés. Ahora tengo que completar este cuestionario para ver qué vocación me recomiendan los consejeros.

Escuela de Cine de Ponce

Cuestionario

Nombre

Fecha

1. Soy una persona:
   a. ingeniosa
   b. fiel
   c. desagradable
   d. dedicada

2. Creo que puedo progresar porque soy:
   a. bueno para aconsejar
   b. comprensivo
   c. razonable
   d. considerado

3. La cualidad más importante de una persona es que sea:
   a. generosa
   b. atrevida
   c. de buena conducta
   d. sincera

4. La cualidad que menos me gusta es:
   a. que se comporte mal
   b. que sea orgullosa
   c. que sea vanidosa
   d. que sea presumida

5. Si alguien comete un error, ¿cómo actúas?
   a. soy impaciente
   b. se lo prohíbo
   c. soy paciente
   d. le exijo

6. Admiro a las personas:
   a. sobresalientes
   b. populares
   c. tímidas
   d. modestas

B. Bueno, ya hice el cuestionario para saber cuál es mi vocación. ¡Yo quiero ser escritora y directora de cine! Son profesiones en que hay que pensar, planear y tomar riesgos.

C. Existen muchas profesiones para elegir. Pero cada persona tiene su vocación. ¿Te interesan algunas de las siguientes profesiones?

¡A RESPONDER!

Level 3 Textbook p. 213

TXT CD 7, Track 2

Escucha la lista de características personales. Para cada una, haz la representación de una persona que tenga la característica.

1. atrevido
2. generoso
3. impaciente
4. orgulloso
5. desagradable
6. vanidoso
7. comprensivo
8. tímido
9. considerado
10. sincero

CONTEXTO 1 - CARACTERIZACIÓN DE LOS PERSONAJES

Level 3 Textbook p. 215

TXT CD 7, Track 3

Inés Delgado, una estudiante puertorriqueña, está escribiendo un programa de televisión para su clase de escritura. Antes de escribir la primera escena, hizo una lista de los personajes principales y una descripción de cada uno.

Los Solucionistas

por Inés Delgado.

Los Solucionistas son cuatro expertos en diferentes especialidades. Este grupo sobresaliente viaja por todas partes del globo en su superavión privado, solucionando problemas grandes y pequeños.

Gonzalo Domínguez. Tiene treinta y dos años. Es guapo, atrevido y orgulloso. Es piloto y tiene su propio avión, el más grande del mundo, diseñado especialmente para enfrentar grandes problemas.

Ramona Salgado. Tiene veintidós años. Es una mecánico y muy capaz; sabe reparar cualquier aparato o máquina. Aunque es muy inteligente, también es presumida e impaciente. Su conducta puede ser desagradable.

Carmen Jiménez. Tiene veintiún años y es programadora de computadoras. Se destaca por su paciencia y su conocimiento de los sistemas informáticos. Es una persona un poco tímida, pero es popular.

Manuel Cano. Tiene diecisiete años. Es comprensivo y considerado. Sabe mucha física y química y quiere ser un científico brillante y dedicado. Siempre se comporta con cortesía y personifica la sinceridad y la diplomacia, aunque, si tiene que defender sus ideas, puede llegar a ser muy enérgico. Aunque quiere a todos los miembros del equipo, idealiza a Carmen Jiménez.

Capitán. Tiene dos años. Es fiel y cariñoso con todos los miembros del equipo.

CONTEXTO 2 – EL GUIÓN

Level 3 Textbook p. 220

TXT CD 7, Track 4

Como tarea para su clase de escritura creativa, Inés está escribiendo un guión *(script)* para un programa de televisión. «Los Solucionistas» son un equipo de cuatro héroes que viajan por el mundo solucionando problemas.

Episodio 1: Huracán en Puerto Rico

Escena 1: En la oficina de Los Solucionistas

Manuel entra, preocupado y con urgencia.

Manuel: Tengo malas noticias. Espero que la situación no sea tan grave como parece. El radar muestra un huracán grande que pasará muy cerca de Puerto Rico, dirigido hacia la ciudad de Ponce.

Carmen: ¡No podemos dejar que llegue a la ciudad! ¿Qué hacemos?

Gonzalo: ¡Vamos al superavión! ¡Ahora mismo!

Escena 2: En el avión de Los Solucionistas

Manuel, Ramona y Carmen pasan a la parte del avión donde están los equipos científicos de Manuel.

Manuel: Quiero que miren el monitor. ¿Ven? Es un huracán de categoría cinco y es muy peligroso. Ojalá podamos prevenir la destrucción de Ponce.

Ramona: Oye, 'mano, ¡es importante que hagamos algo!

PRONUNCIACIÓN

Level 3 Textbook p. 223

TXT CD 7, Track 5

La letra **q**

La **q** siempre va seguida por **u** y la **u** por las vocales **e** o **i**. La combinación **qu** siempre tiene el sonido /k/, como en la palabra *key* o *cane*.

quitar

quien

búsqueda

orquesta

Refrán

Quien anda de prisa es el que tropieza.

ACTIVIDAD 15 - ¿QUÉ TE PIDEN OTROS?

Level 3 Textbook p. 224

TXT CD 7, Track 6

Escucha los mensajes en tu contestadora y escribe una lista de las cosas que las otras personas quieren que hagas.

Modelo: Hola, habla mami. No olvides lo que te dije: regresa a casa antes de las diez.

1. Buenas tardes. Habla tu maestra de español. Por favor, escribe todos tus ensayos en la computadora.

Audio Scripts

2. Hola, ya sabes que habla tu hermana, ¿no? Bueno, te prohíbo que uses mi bicicleta.

3. Hola, ¿estás ahí? Bueno, soy Rafael. Ya voy para tu casa. Espero que estés listo para el partido de fútbol.

4. Hola, hola. Te llamamos de la escuela de detectives para darte una sugerencia. Compra un sombrero negro.

5. Buenas noches, habla Inés. Te pido una cosa: ¿puedes traer tu tarjeta de crédito?

TODO JUNTO

Level 3 Textbook pp. 225-226

TXT CD 7, Track 7

Resumen contextos 1 y 2

Inés Delgado es una estudiante puertorriqueña. Ella escribió un guión *(script)* para un programa de televisión que se llama «Los Solucionistas». Ellos son cuatro personas que viajan por el mundo solucionando problemas.

Inés está filmando el último episodio de su programa «Los Solucionistas» en el gimnasio de la escuela. Luego presentará el video en la escuela.

Inés: Bueno, vamos a filmar la escena final otra vez. Quiero que todos hablen con mucha sinceridad y que sigan el guión sin errores. Tres, dos, uno... ¡empecemos!

Carmen: Ramona, eres una mecánica increíble. ¡Deja que se lo diga a todos!

Ramona: Gracias, Carmen. Pero lo importante es que pudimos salvar a Ponce del huracán...

Gonzalo: Ramona, eres demasiado modesta. Tú eres una gran mecánica.

De repente, llega un niño.

Gonzalo: Un momento... A ver... ¿Qué te pasa, niño?

Inés: ¡Corten! ¿Qué pasa?

Ricardo: ¡Por favor! ¡Necesito su ayuda!

Gonzalo: Bueno... cuéntanos tu problema... tranquilo. Quiero que empieces desde el principio. ¿Cómo te llamas?

Ricardo: Me llamo Ricardo Alonso. Tengo siete años y estoy en segundo grado. Veo que ustedes son superhéroes o algo así y espero que me puedan ayudar. Pero tiene que ser rápido. Mi mamá está en la puerta esperándome y quiere que vuelva pronto.

Carmen: Bueno, cuéntanos... ¿Cuál es el problema?

Ricardo: El problema es que mi carrito eléctrico se dañó. No sé qué hacer.

Manuel: ¡Pobrecito! ¡No te preocupes!

Ricardo: Y como vi que esa mujer es mecánica y sabe reparar las cosas...

Ramona: ¿Yo? Ay, Ricardito, la verdad es que no soy mecánica... ¡Soy actriz! ¿Qué podemos hacer?

Carmen: Seguro son las baterías. Bueno, por suerte yo sé un poco sobre carritos eléctricos. Trataré de repararlo, pero queremos que sepas que no somos superhéroes.

Ricardo: ¡Gracias, amigos! ¡Vengan, vengan conmigo!

ACTIVIDAD 18 – INTEGRACIÓN

Level 3 Textbook p. 227

TXT CD 7, Track 8

Lee el sitio web de la organización Líderes para el Futuro. Escucha la videoconferencia donde te dan respuestas a un mensaje que pusiste en la sección «Contáctanos». Luego, toma parte en la videoconferencia y da más detalles sobre las cualidades de un líder.

ACTIVIDAD 18 – INTEGRACIÓN FUENTE 2

Level 3 Textbook p. 227

TXT CD 7, Track 9

Videoconferencia

Escucha y apunta

¿Cómo reaccionó la persona al mensaje que pusiste en el sitio web?

¿Qué quieren que hagas ahora?

Hola. Soy Angélica López, una de las líderes de la organización Líderes para el Futuro. Gracias por participar en esta videoconferencia. Recibimos el mensaje que pusiste en nuestro sitio web y nos gustó mucho lo que comentaste. Sabemos que quieres participar en nuestros programas. Queremos que nos expliques más. Esperamos que puedas conectarte de nuevo mañana a las seis de la tarde para otra videoconferencia. Durante la videoconferencia de mañana te pedimos, por favor, que hables un poco más sobre cómo personifica las cualidades de un líder. Ojalá puedas darnos ejemplos de tus experiencias. Hasta mañana.

LECTURA LITERARIA

Level 3 Textbook pp. 229-231

TXT CD 7, Track 10

El sueño de América

—Así son nuestros domingos —Paulina le explica más tarde.—Todas las semanas que pueden, vienen los hijos y la nieta. Y casi siempre Rufo y Lourdes y Darío y, por supuesto, los mellizos.

—¿Todas las semanas?

—Sí, mija, todas las semanas. Y a veces vienen otros parientes o los vecinos. Pero siempre tengo la casa llena los domingos.

—Usted parece tener una relación tan linda con sus hijos, Tía. —América dice con tanta sinceridad que Paulina se infla de orgullo.

—Sí, es verdad. Leopoldo y yo tratamos de no entrometernos mucho en sus vidas. Les permitimos cometer errores.

—Eso es lo que yo traté de hacer con Rosalinda, pero no me salió bien.

—El darles la libertad de cometer errores no quiere decir que no los cometerán, América.

Ella considera esto un minuto, y la tensión de siempre vuelve a su pecho, un dolor tan profundo que no puede nombrarlo; no puede separarlo de su ser. Se deslizan lágrimas por sus mejillas.

—Lo has tomado tan personalmente —Paulina dice con verdadera sorpresa, como si nunca se le hubiera ocurrido que los errores de sus hijos se reflejarían en ella.

—¿Usted no lo haría, Tía? —América dice resentida.

—Nena, tú no tienes ni idea del sufrimiento que me han ocasionado mis hijos —Paulina sube sus manos a su pecho. América la mira como si la estuviera viendo por primera vez.

—¿Ellos la han hecho sufrir? —no encaja con la imagen de las caras sonrientes en las tarjetas de Navidad en la pared de memorias de Ester.

—Si yo contara las horas que pasé sentada en esta misma silla esperando que Orlando regresara a casa de estas calles peligrosas, o de las batallas que tuve con Carmen sobre sus amigos...

—Ay, no, nena, tú no quieras saber —Paulina mira sus manos fijamente, manos arrugadas, manchadas por la edad, con uñas desafiladas y cutículas gruesas.

—Lo que yo no comprendo —América dice —es qué tiene que hacer una madre para prevenir que sus hijos no repitan sus errores. ¿Cómo se les enseña que nuestra vida no es su modelo?

—No se les puede enseñar, nena. Ellos tienen que aprender eso por sí mismos.

—Yo no puedo estar de acuerdo con eso, Tía. ¿Para qué somos madres si no es para enseñarles?

—No se les puede enseñar —Paulina insiste— Sólo puedes escucharles y orientarlos. Y después sólo si te lo piden puedes guiarles.

REPASO DE LA LECCIÓN: LISTEN AND UNDERSTAND – ACTIVIDAD 1

Level 3 Textbook p. 234

TXT CD 7, Track 11

En este episodio de la telenovela «La Familia Suárez», Luisa habla con su hermano, Álvaro. Después de una ausencia misteriosa de veinte años, Álvaro quiere hablar con su madre. Escucha parte de la escena y luego contesta las preguntas.

Luisa: Oye, Álvaro, ¡sugiero que lo pienses otra vez! Mamá nunca va a cambiar de opinión. No seas presumido.

Álvaro: Mira, Luisa, no dudes de mi sinceridad. Quiero que Mamá vea cómo soy ahora y no cómo yo era antes.

Luisa: ¡Nunca cambias!

Álvaro: Sólo quiero hablar con ella. Tú no quieres que ella tenga la oportunidad de pasar un rato conmigo.

Audio Scripts

Luisa: Lo que no quiero es que tú le cuentes todos tus problemitas a Mamá. Ya está vieja y no quiero que se preocupe demasiado.

Álvaro: Te felicito por tu consideración, pero te digo que voy a hablar con ella.

Luisa: Bueno, dejaré que hables con Mamá, pero espero que lo hagas con mucha discreción. Ya está muy nerviosa.

Álvaro: Lo sé, lo sé. Voy a tener mucha paciencia y no hablaré de cosas serias y problemáticas. Sólo quiero que ella tenga la oportunidad de conocerme de nuevo.

Luisa: ¡Suerte! ¡Después de veinte años, ojalá que te reconozca!

Álvaro: No seas desagradable, Luisa. Mamá es una persona muy comprensiva.

Luisa: Bueno, vamos a ver. Sí, es comprensiva, pero no es estúpida. ¿Cómo va a reaccionar cuando tú le digas dónde estuviste estos veinte años?

Álvaro: Oye, Luisa, dije que quiero hablar con ella. ¡No dije que quiero contarle toda mi vida!

Luisa: Menos mal. Ella no está muy fuerte. No quiero que se muera del susto escuchando todos tus secretos.

Álvaro: Ay, hermanita, ¡qué atrevida eres!

UNIDAD 4, LECCIÓN 1 WORKBOOK SCRIPTS WB CD 2

INTEGRACIÓN HABLAR

Level 3 Workbook p. 157

WB CD 2, Track 21

Escucha lo que dice el presidente de la compañía durante la cena. Toma notas.

FUENTE 2

WB CD 2, Track 22

Presidente: Hoy vamos a hablar de un gran profesional. El señor Armando Ortiz entró a trabajar en nuestra compañía hace treinta años. La paciencia es su principal cualidad, es fiel y comprensivo. Todos los que tienen un problema van a pedirle consejos. Y él, con su gran consideración por los demás, siempre les recomienda que sean modestos, amables y que busquen destacarse en su profesión.

INTEGRACIÓN ESCRIBIR

Level 3 Workbook p. 158

WB CD 2, Track 23

Escucha el mensaje que le dejó Joaquín a su papá en su teléfono celular. Toma notas.

FUENTE 2

WB CD 2, Track 24

Joaquín: Hola, papá. Tuve que irme pero pasé un día hermoso contigo. Me gustó la directora de computación, es muy amable. También pienso que Ernesto, el otro programador es modesto y paciente. Vi que siempre tiene paciencia para aconsejar a los programadores nuevos. Bueno, papá, tú también eres muy comprensivo. Yo sé que eres un profesional sobresaliente, que se destaca mucho en su trabajo y que eres modesto también. Pero papá, ¡eres muy tímido!

ESCUCHAR A, ACTIVIDAD 1

Level 3 Workbook p. 159

WB CD 2, Track 25

Escucha a Ana. Luego, lee cada oración y contesta **cierto** o **falso**.

Ana: ¡Estoy feliz! Me llamo Ana y encontré el trabajo que siempre quise. Siempre me gustaron las aventuras y ahora trabajo con un detective. Empiezo mañana. Él me sugiere que llegue temprano porque tenemos muchísimo trabajo que hacer. También me pide que sea amable con las personas. Eso no es problema para mí; me gusta relacionarme bien con los demás.

ESCUCHAR A, ACTIVIDAD 2

Level 3 Workbook p. 159

WB CD 2, Track 26

Escucha al detective. Luego, completa las oraciones con las palabras de la caja.

Detective: Hoy encontré una chica muy amable para trabajar conmigo. Empieza mañana. No quiero idealizar a nadie, pero me parece que ella es la persona que yo buscaba. Su manera de comportarse es muy agradable, es muy sincera y paciente. Para mí, la paciencia es lo más importante en las personas que trabajan aquí. Espero que no le tenga miedo a las aventuras porque en este trabajo hay mucho de eso.

ESCUCHAR B, ACTIVIDAD 1

Level 3 Workbook p. 160

WB CD 2, Track 27

Escucha a Miguel y toma notas. Luego, marca con una X las cualidades y la profesión de Miguel.

Miguel: Me llamo Miguel Sánchez y soy electricista. Soy un profesional destacado en mi trabajo e intento mejorar cada día. Usted me pide que también hable de mí. Lo más importante para mí es ser una persona razonable. Yo también soy un ser humano y cometo errores. También usted quiere que le hable del tiempo que he trabajado. No es mucho, pero quiero aprender.

ESCUCHAR B, ACTIVIDAD 2

Level 3 Workbook p. 160

WB CD 2, Track 28

Escucha la conversación entre Enrique y Marina. Toma notas. Luego, completa las oraciones.

Enrique: Hola, Marina. ¿Cómo te fue hoy en la entrevista?

Marina: Hola, Enrique. Creo que muy bien. La persona con la que hablé fue muy considerada. Quiero empezar mañana porque es el trabajo que necesito.

Enrique: ¿Quieres que te de un consejo? Te recomiendo que seas paciente. La paciencia es lo mejor.

Marina: Sí, ya lo sé. Pero ellos insisten en que yo esté preparada para empezar en cualquier momento. Por eso creo que quieren que empiece mañana mismo.

Enrique: Ojalá sea así. ¡Espero que te llamen hoy!

ESCUCHAR C, ACTIVIDAD 1

Level 3 Workbook p. 161

WB CD 2, Track 29

Escucha la conversación del director y la presidenta de la compañía. Toma notas. Luego, coloca en una columna las personas que van a llamar y sus cualidades. En otra columna coloca las personas que no van a llamar y sus cualidades.

Director: Buenos días, señora Gómez. Aquí tengo la información sobre los nuevos profesionales.

Presidenta: De acuerdo. Te aconsejo que esperes para ver si llegan más personas por el anuncio clasificado que publicamos en el periódico. Quiero leer las cualidades personales. Por favor, necesito que las subrayen con un lápiz.

Director: Sí, señora. Ya las subrayaron. Usted siempre insiste en que veamos primero las cualidades personales.

Presidenta: Así es. Sabes que la empresa recomienda que busquemos los trabajadores tanto por su manera de relacionarse con los demás como por sus cualidades personales. ¿Qué personas llenaron la solicitud?

Director: Bueno, hay un muchacho que dice ser tímido pero muy razonable. Hay una chica que dice ser sobresaliente, pero fue muy orgullosa. Otra joven dijo ser comprensiva; ella fue modesta y amable. Otro chico dijo ser popular pero fue desagradable.

Presidenta: Bueno, ya sabes a quiénes vamos a llamar.

ESCUCHAR C, ACTIVIDAD 2

Level 3 Workbook p. 161

WB CD 2, Track 30

Escucha a Julieta y toma notas. Luego, contesta las siguientes preguntas con oraciones completas.

Julieta: Mi nombre es Julieta Mendoza. Hoy fui a una entrevista de trabajo y espero que el director de la empresa me llame pronto. Sé que van a llamarme porque yo era la mejor profesional de todos los que estaban allí. Quiero destacarme y que todos vean que soy sobresaliente. Quiero que todos entiendan que yo puedo ser la mejor donde trabaje, porque todos los que me conocen quieren que yo los ayude. Pero yo no quiero ayudar a nadie, creo que cada uno

Audio Scripts

tiene que estudiar y aprender solo, sin la ayuda de nadie.

ASSESSMENT SCRIPTS
TEST CD 2

LESSON 1 TEST: ESCUCHAR
ACTIVIDAD A

Modified Assessment Book p. 119

On-level Assessment Book p. 160

Pre-AP Assessment Book p. 119

TEST CD 2, Track 19

Escucha el siguiente audio. Luego completa la actividad A.

Alma: Buenos días, soy Alma Sánchez y ahora estamos en tu programa favorito, «Desde el corazón». Piensa en tu compañero o compañera ideal.

Alma: Buenos días, ¿quién habla?

Lisa: Hola Alma, soy Lisa.

Alma: Lisa, ¿cómo es tu compañero ideal?

Lisa: Mi compañero ideal es una persona generosa. La sinceridad también es muy importante para mí. Quiero que todos piensen en la importancia de decir la verdad y de ser sinceros.

Alma: Gracias Lisa. Ahora escuchemos a Eduardo. Hola Eduardo. ¿Cómo es tu compañera ideal?

Eduardo: Hola, Alma. Bien, mi compañera ideal es una persona considerada y paciente. Para ser considerada, es necesario ser paciente.

Alma: Gracias Eduardo. ¿Aló, Teresa?

Teresa: Sí, hola, Alma.

Alma: Los compañeros ideales deben ser modestos. ¿Tú qué piensas?

Teresa: Estoy de acuerdo, los compañeros ideales no deben ser presumidos. Los compañeros ideales deben ser modestos.

Alma: Gracias Teresa. Amigos de «Desde el corazón», ojalá que estas opiniones te ayuden a escoger a tu compañero o compañera ideal. Esto es todo por hoy.

ESCUCHAR ACTIVIDAD B

Modified Assessment Book p. 119

On-level Assessment Book p. 160

Pre-AP Assessment Book p. 119

TEST CD 2, Track 20

Escucha el siguiente audio. Luego completa la actividad B.

Lisa: Rita, ¿y cómo es Julián? Yo insisto en que tú me lo cuentes todo.

Rita: Julián es alguien muy desagradable. No conozco persona más presumida.

Lisa: Bueno, pero …

Rita: Julián es un programador dedicado a su profesión. Los científicos son así, se destacan por su trabajo, son ingeniosos y realizan proyectos sobresalientes, pero Julián no es muy razonable ni popular.

Julián sólo habla sobre su profesión, su trabajo y sus proyectos.

Lisa: Yo creo que no todos los científicos son como él.

Rita: Pero alguien así es muy desagradable.

Lisa: Rita, yo te aconsejo que tú hables con Julián y le des una opinión sincera sobre su comportamiento.

HABLAR

Pre-AP Assessment Book p. 124

TEST CD 2, Track 21

Escucha el discurso del entrenador y toma apuntes.

FUENTE 2

TEST CD 2, Track 22

Estamos aquí con personas destacadas de la música y los deportes. Están con nosotros estos jóvenes dedicados a su profesión y que, además, se destacan por su conducta sobresaliente. Queremos que el público conozca a estos cantantes y deportistas. Los vemos en el campo de béisbol, en el cine y en la televisión. Pero ellos hacen algo más. Son personas generosas y de mucha conciencia social. Como Roberto Clemente y Juan Luis Guerra, estos jóvenes donan su dinero y su ayuda para obras caritativas. Sugerimos que el público hable con ellos y los imite. Ahora dejo que ellos hablen con ustedes y los inspiren. ¡Sigamos su ejemplo de generosidad y ayuda a la sociedad!

ESCRIBIR

Pre-AP Assessment Book p. 125

TEST CD 2, Track 23

Escucha el mensaje. Toma notas mientras escuchas.

FUENTE 2

TEST CD 2, Track 24

¡Hola!

Este mensaje es para Carlos Ortiz.

Tenemos información de la Agencia Ejecutiva Cuatro Estrellas.

En la información no está claro qué posición le interesa a usted:

¿Quiere ser programador o prefiere ser locutor?

Le pedimos que nos mande su resumé y que nos diga sus deseos. Es importante que dé detalles sobre su educación y personalidad.

El director desea que venga para una entrevista, y sugiere que se reúnan el próximo viernes, si es conveniente.

Llame al 673–555–9527 para informarnos.

Sinceramente,

Carla del Cierro

Secretaria general

LEVEL 3 HERITAGE LEARNERS SCRIPTS
HL CDS 1 & 4

INTEGRACIÓN HABLAR

Level 3 HL Workbook p. 159

HL CD 1, Track 25

Escucha el mensaje que Leonor Vega dejó en el contestador de su prima Angélica. Toma notas. Luego completa la actividad.

FUENTE 2

HL CD 1, Track 26

Angélica, hola, sólo te llamaba para avisarte que la tía Margarita va a venir a la fiesta. Qué pesado, ¿no crees? Con lo anticuada que es y la manera en que le gusta criticar a los jóvenes… Ojalá que no nos eche la fiesta a perder porque sería una tragedia. Margarita es la personificación del aburrimiento. Entre todas las hermanas de mi madre ella se destaca por su mal carácter y su mal humor. Háblame pronto. Es necesario que pensemos en qué vamos a hacer para mantenerla contenta durante la fiesta.

INTEGRACIÓN ESCRIBIR

Level 3 HL Workbook p. 160

HL CD 1, Track 27

Escucha el mensaje que Annie Ponce dejó para su amiga Delia. Toma notas. Luego completa la actividad.

FUENTE 2

HL CD 1, Track 28

Delia, no vas a creer lo que tengo que contarte. ¿Te acuerdas que te dije que iba a pedirle permiso a mis padres para inscribirme en el concurso para reina del carnaval? Pues lo hice, mujer, ¿y qué crees?… Mis padres me dijeron que no, que esos concursos no eran para muchachas serias y que yo debería dejar de pensar en esas cosas. Luego, el simpático de mi novio Ernesto los felicitó por la decisión y yo me quedé en la mesa del restaurante como la viva imagen del desconcierto. ¿No vivimos ya en el siglo XXI? ¿No somos las mujeres capaces de tomar nuestras propias decisiones? Ay, Delia, tú representas la cordura y la seriedad entre mis amigas. Llámame, necesito desahogarme.

LESSON 1 TEST: ESCUCHAR
ACTIVIDAD A

Level 3 HL Assessment Book p. 125

EXAMEN DE LA LECCIÓN

HL CD 4, Track 19

Escucha el siguiente audio. Luego contesta las siguientes preguntas en oraciones completas.

Sra. Benítez: Buenos días, Maribel. ¿Ya decidiste qué quieres estudiar en la universidad?

Maribel: No, la verdad es que es una decisión muy difícil. No sé cuál es mi vocación.

Audio Scripts

Sra. Benítez: Es difícil decidirlo, pero es muy importante, y yo te voy a ayudar.

Maribel: Muchas gracias, Sra. Benítez. ¿Qué me aconseja?

Sra. Benítez: Primero, piensa en tus cualidades. Completa este cuestionario y luego discutiremos las posibilidades.

Maribel: ¿Un cuestionario?

Sra. Benítez: Sí, te hace preguntas sobre tu personalidad y tu conducta.

Maribel: Me parece muy razonable.

Sra. Benítez: Te sugiero que contestes cada pregunta con sinceridad.

Maribel: Muy bien.

Sra. Benítez: Y espero que tengas paciencia. Hay gente que necesita mucho tiempo para descubrir su vocación profesional.

Maribel: Ojalá que ése no sea mi caso.

Sra. Benítez: No te preocupes, ya sabrás lo que quieres. De todas formas, debes estar dispuesta a tomar riesgos y cometer errores. ¡Sé atrevida!

Maribel: Muchas gracias por sus consejos. Regreso en una hora con el cuestionario.

ESCUCHAR ACTIVIDAD B

Level 3 HL Assessment Book p. 125

HL CD 4, Track 20

Escucha el siguiente audio. Luego contesta las siguientes preguntas en oraciones completas.

Maribel: ¡Hola, Fernando! ¿Qué tal?

Fernando: Pues, aquí, estudiando para mis exámenes de mecánica.

Maribel: ¿Ya estás preparado? Ojalá que salgas bien. Mis padres van a comprarme un carro para ir a la universidad. Deseo que lo revises de vez en cuando.

Fernando: Por supuesto, y por ser mi amiga, te daré buenos descuentos.

Maribel: ¡Fabuloso! Oye, te tengo que pedir un favor.

Fernando: ¿Qué necesitas?

Maribel: Ahora lleno un cuestionario para poder saber mejor cuál es mi vocación. Es un poco complicado, pero aquí me preguntan cómo me describirían mis amigos.

Fernando: Ay, Maribel, pues eso es muy fácil.

Maribel: A ver, ¿cómo me describes?

Fernando: Eres una chica paciente y comprensiva. Sabes cómo escuchar y ayudar a la gente.

Maribel: ¿Y qué más?

Fernando: Eres muy fiel a tus amigos y te dedicas a ellos con sinceridad.

Maribel: Muchas gracias, Fernando, y no sigas que me vas a hacer presumida. Ojalá que esta información me ayude a tomar una decisión.

HABLAR

Level 3 HL Assessment Book p. 130

HL CD 4, Track 21

Escucha el discurso del entrenador y toma apuntes.

FUENTE 2

HL CD 4, Track 22

Estamos aquí con personas destacadas de la música y los deportes. Están con nosotros estos jóvenes dedicados a su profesión y que, además, se destacan por su conducta sobresaliente. Queremos que el público conozca a estos cantantes y deportistas. Los vemos en el campo de béisbol, en el cine y en la televisión. Pero ellos hacen algo más. Son personas generosas y de mucha conciencia social. Como Roberto Clemente y José Luis Guerra, estos jóvenes donan su dinero y su ayuda para obras caritativas. Sugerimos que el público hable con ellos y los imite. Ahora dejo que ellos hablen con ustedes y los inspiren. ¡Sigamos su ejemplo de generosidad y ayuda a la sociedad!

ESCRIBIR

Level 3 HL Assessment Book p. 131

HL CD 4, Track 23

Escucha el mensaje. Toma notas mientras escuchas.

HL CD 4, Track 24

¡Hola!

Este mensaje es para Carlos Ortiz.

Tenemos información de la Agencia Ejecutiva Cuatro Estrellas.

En la información no está claro qué posición le interesa a usted:

¿Quiere ser programador, o prefiere ser locutor?

Le pedimos que nos mande su resumé, y que nos diga sus deseos. Es importante que dé detalles sobre su educación y personalidad.

El director desea que venga para una entrevista, y sugiere que se reúnan el próximo viernes, si es conveniente.

Llame al 673 –555 9527 para informarnos.

Sinceramente,

Carla del Cierro

Secretaria general

Audio Scripts

PRESENTACIÓN DE VOCABULARIO

Level 3 Textbook pp. 238–239

TXT CD 8, Track 1

A. Enrique Rivera escribe en su libreta de notas. Hoy llegaron los resultados del cuestionario vocacional y ¡me sorprende que digan que seré mejor bombero que escritor! Imagínense, ¡Enrique el Bombero! Para ser bombero hay que actuar con valentía y arriesgar la vida con el propósito y la meta de ayudar a los demás. Creo que es un honor, pero no estoy seguro de que pueda convertirme en bombero. Me gusta más ser escritor o periodista. Por eso, estos resultados son sorprendentes. Existen otras formas de lograr ser un héroe auténtico y cumplir con los deberes sociales. Por lo tanto, no creo que los resultados del cuestionario sean prácticos para mí.

B. Yo siempre pienso en escribir libros y artículos en los periódicos. Quiero entrevistar a músicos con fama, a carpinteros o a políticos; no tienen que ser famosos. Creo que mi misión en la vida es contar historias sobre amistades verdaderas y describir imágenes bellas de otros lugares. Sin embargo, es improbable que todos mis textos sean realistas porque me gustan las historias en que aparecen personajes o lugares fantásticos. No dudo que seré escritor y podré figurar en las librerías algún día, como mi autora favorita, Zoe Valdés.

C. ¿Y tú? ¿Qué trabajo te interesa hacer? Hay muchas profesiones para elegir.

¡A RESPONDER!

Level 3 Textbook p. 239

TXT CD 8, Track 2

Escucha la lista de profesiones. Para cada una, haz un movimiento que represente las acciones típicas de la profesión.

1. músico
2. carpintero
3. artista
4. secretario
5. periodista
6. bombero
7. policía

CONTEXTO 1 - ARTÍCULO DE OPINIÓN

Level 3 Textbook p. 241

TXT CD 8, Track 3

Enrique Rivera es editor de la revista de su escuela en la República Dominicana. Para la próxima edición, quiere hacer un foto ensayo sobre los héroes. Por eso, acaba de escribir un artículo de opinión. En éste, les pide recuerdos personales a sus lectores y habla de la importancia de los héroes en la comunidad.

Nuestros héroes

Mientras muchas películas y novelas gráficas cuentan las historias de los superhéroes, es importante recordar que no todos los héroes son de fantasía. Los héroes verdaderos viven al lado de nosotros: pueden ser nuestros familiares, nuestros vecinos o nuestros maestros. Todos tenemos la capacidad para actuar heroicamente: los bomberos, los artistas, los policías, los periodistas, incluso los estudiantes.

Por ejemplo, mi héroe es mi padre. No logra éxitos sorprendentes, no tiene fama mundial ni una vida extraordinaria, pero todos los días se comporta como un héroe verdadero. Vive con sinceridad, honor y valentía; va al trabajo todos los días, cuida de nosotros y siempre está listo para hacer cualquier sacrificio por su familia.

Para la edición del próximo mes, quiero que me cuenten sobre los héroes que ustedes conocen. Mándenme sus sugerencias y seleccionaremos las tres historias más emocionantes para que figuren en un foto ensayo sobre los héroes de todos los días.

A la espera de sus historias...

Enrique Rivera

ACTIVIDAD 5 - ¡QUÉ NOTICIAS!

Level 3 Textbook p. 244

TXT CD 8, Track 4

Escucha este mensaje telefónico de tu amiga Marisa y luego decide si las siguientes frases son ciertas o falsas.

¡No vas a creer mis noticias! Tengo un boleto para el partido de béisbol el sábado y voy a entrevistar a los jugadores después del partido. Voy a escribir un artículo para el periódico estudiantil y por eso tengo una invitación especial. El periódico quiere que hable especialmente con los jugadores caribeños del equipo. Voy a invitarlos a comer pero no creo que acepten mi invitación. ¡Dudo que quieran pasar mucho tiempo con una periodista joven y no famosa! Pues, el domingo te cuento todo. Chao.

CONTEXTO 2 - CARTAS AL EDITOR

Level 3 Textbook p. 246

TXT CD 8, Track 5

Enrique Rivera, el editor de la revista escolar Nuestro Mundo, solicitó a sus lectores algunas historias sobre héroes y recibió las siguientes respuestas.

Mi hermana Dulce es la chica más valiente que conozco. Dudo que ella sepa cuánto la admiramos. Hace tres años sufrió un accidente de coche malísimo. Como resultado, tiene que usar silla de ruedas. Pero siempre mantiene el buen humor y actúa de una manera muy positiva. Ahora juega al béisbol en silla de ruedas. Ella es mi heroína.

-Gladys Rubio

Admiro mucho a mi abuelo. La hija de su vecina toca el piano y tiene muchísimo talento. Quería asistir a un conservatorio de música, pero no tenía dinero. Mi abuelo le dio el dinero para pagar sus estudios y luego estableció un fondo para los músicos jóvenes sin recursos financieros. ¡No creo que vaya a tener problemas en encontrar candidatos!

-Pablo Castaño

Mi maestra es una persona extraordinaria. Su valentía es increíble. Un día hubo un incendio en nuestra escuela. Nuestra maestra se arriesgó para volver al edificio y ayudar a salir a un estudiante que tenía miedo. No es cierto que todos los héroes estén en las películas...

-Grisel Bravo

PRONUNCIACIÓN - LA LETRA J

Level 3 Textbook p. 249

TXT CD 8, Track 6

La **j** se pronuncia como la **g** suave en la palabra generoso. Es importante no confundirse entre la **j** y la **g** al escribir una palabra con ese sonido.

jamás

trabajador social

jefe

mejorar

Refrán

Jóvenes y viejos, juntos necesitamos consejos.

TODO JUNTO

Level 3 Textbook pp. 251–252

TXT CD 8, Track 7

Resumen contextos 1 y 2

Enrique es el editor de una revista escolar. Él solicitó, de sus lectores, historias sobre héroes de la vida diaria con el propósito de usarlas en un foto ensayo para la revista. Recibió tres cartas interesantes.

Contexto 3 – Diálogo

Enrique piensa hacer un foto ensayo sobre los héroes. Ahora está preparando su trabajo con la ayuda de su amiga Rebeca.

Enrique: Bueno, Rebeca, ¿qué te parece?

Rebeca: Me gustan todas las historias. Y podemos usar muchas más.

Enrique: ¡Olvídate de eso! Seguramente los lectores enviarán más cartas hoy, pero dudo que podamos usar más. Tenemos que terminar el foto ensayo en una hora. ¡A ver! ¡Rápido! ¿Qué historias tenemos?

Rebeca: Primero, Dulce, la niña que usa silla de ruedas, juega al béisbol y trabaja como voluntaria enseñando ese deporte a otros jóvenes en sillas de ruedas.

Enrique: Segundo, el abuelo que estableció un fondo para ayudar a los músicos jóvenes.

Rebeca: Sí, y la maestra que salvó a un estudiante de un incendio en la escuela.

Enrique: Perfecto. Cuánto me alegra que haya una selección buena.

Un momento, Rebeca... ¿Hola? Sí, Enrique Rivera.

Silvia: Hola, Enrique. No creo que me conozca. Me llamo Silvia Martínez. Ojalá no sea demasiado tarde para contarle la historia de un héroe auténtico.

Enrique: No, no. Estamos trabajando en el foto ensayo ahora mismo.

Silvia: Es sólo un minuto; nuestro cartero es un hombre muy dedicado. Pues, ayer se arriesgó a salvar a una niñita de tres años que corrió hacia la calle enfrente de un

Audio Scripts

coche. Es un verdadero héroe, porque sólo pensó en la niña.

Enrique: ¡Qué bueno que la niña esté bien! ¿Tiene una foto del cartero?

Silvia: Sí. ¿Quiere que la lleve a la oficina? Luego puedo contarle los detalles.

Enrique: Gracias, señorita Martínez. Hasta pronto.

Rebeca: ¿Qué pasa?

Enrique: Espera y te lo cuento. ¿Crees que podamos usar una historia más?

ACTIVIDAD 18 – INTEGRACIÓN

Level 3 Textbook p. 253

TXT CD 8, Track 8

Lee la contracubierta del libro *Un verdadero héroe*. Luego escucha la presentación de la obra en la Feria del Libro de Puerto Rico. Después, escoge dos elementos del artículo y dos del discurso y explica si estás de acuerdo o no con ellos.

FUENTE 2

TXT CD 8, Track 9

Presentación

Escucha y apunta

¿Qué cualidades tiene Ariel Vasconcelos?

¿Por qué es importante su libro?

Muy buenas tardes. Gracias por venir a la feria y en especial por estar interesados en el nuevo libro de Ariel Vasconcelos. Me alegro de que hayan venido tantas personas a reconocer el heroísmo de un político completamente dedicado a mejorar la vida de los jóvenes de nuestra comunidad. Ariel Vasconcelos personifica el sacrificio y la valentía necesarios para lograr sus propósitos. En este libro Vasconcelos aconseja a los jóvenes que decidan qué quieren hacer en la vida y que se destaquen por su dedicación sincera para lograr esa meta. También insiste en que siempre actúen con honor, que tomen decisiones responsables y que imiten a los héroes que admiran. Yo creo que es el deber de todos nosotros leer este libro pero principalmente me encanta que los jóvenes sean los más beneficiados.

LECTURA LITERARIA

Level 3 Textbook pp. 255–257

TXT CD 8, Track 10

La ñapa

Please see textbook pages 255 to 257 for the script.

REPASO: ACTIVIDAD 1 - LISTEN AND UNDERSTAND

Level 3 Textbook p. 260

TXT CD 8, Track 11

Ramona está escuchando uno de sus programas de radio favoritos. Escucha los comentarios de Diana Diamante y completa las oraciones.

¡Hola, queridos! Están escuchando a Diana Diamante, la periodista que sabe lo que hacen los famosos. Veo todo, escucho todo y ahora les cuento todo. Bueno, el otro día yo vi al actor guapísimo Víctor Vargas en un café cercano. Tengo que decirles que no es cierto que él y su esposa se separen: ¡ella estaba con él y los dos estaban muy contentos! Y hablando de contentos, la cantante Esmeralda tiene un perro nuevo que se llama Perlita. Me sorprende que no lo llame "Diamante" en mi honor, pero qué va. No se puede tener todo, ¿verdad? Hablé ayer con un amigo de la actriz famosísima Julia Jiménez y él me dijo que ella compró una casa nueva, pero que no es verdad que ahora tenga cinco casas. ¡Se contenta con solamente tres! Menos mal, ¿no? Acabo de ver la nueva película de Lorenzo Lima y siento decirles que es ¡malísima! Me alegra que él siga actuando a su edad, pero qué lástima que no escoja proyectos mejores. Seguramente ésta es la peor película del año. Bueno, ya es casi todo... pero les tengo que decir que tuve una entrevista con la famosa artista Paloma Palmares ayer. ¡Ella tiene tantísimo talento! Me emociona que pueda pintar así... sus obras son increíbles. Va a tener una exhibición el mes próximo. ¡No se la pierdan, queridos! Bueno, eso es todo. Un abrazo fuerte de su periodista favorita, Diana Diamante. Hasta la próxima vez. ¡Chao, queridos!

COMPARACIÓN CULTURAL - HÉROES DEL CARIBE

Level 3 Textbook pp. 262–263

TXT CD 8, Track 12

Puerto Rico, Inés

Hola. Soy Inés Costa y vivo en San Juan, la capital de Puerto Rico. Su parte vieja es muy famosa. Allí se encuentra el Fuerte San Felipe del Morro, una fortaleza española construida entre 1540 y 1783. ¡Es enorme! Tiene 140 pies de altura. Es un sitio del Patrimonio Cultural de la UNESCO. Sugiero que lo visites.

A mí me encanta la historia. Una de nuestras heroínas es Mariana Bracetti. Ella vivió entre 1825 y 1903 y la admiramos por su valor, patriotismo y apoyo a la lucha por la independencia. Hizo la primera bandera de Puerto Rico y participó en el Grito de Lares, el primer movimiento independentista de Puerto Rico. Aunque esa iniciativa fracasó, Puerto Rico por fin ganó su independencia de España en 1897.

República Dominicana, Fernando

¿Cómo estás? Me llamo Fernando Burgos y vivo en la ciudad de Santo Domingo. Aquí se estableció la primera colonia española en el Nuevo Mundo. La zona colonial de mi ciudad tiene unos edificios muy antiguos, como la Catedral Santa María la Menor, que es la primera catedral del Nuevo Mundo.

La República Dominicana es una isla que se llamaba Quisqueya. Luego los españoles la llamaron La Española. Nuestro país tuvo muchos conflictos con España y con Haití, que comparte la isla con nosotros. Entre nuestros héroes de la independencia tenemos a Juana Trinidad, conocida como la coronela inmortal. No creo que haya nadie más valiente que ella. Luchó contra el ejército haitiano en Santiago, donde arriesgó su vida para llegar al río Yaque y llevarles agua a sus compañeros.

REPASO INCLUSIVO: ACTIVIDAD 1 - ESCUCHA, COMPRENDE Y COMPARA

Level 3 Textbook p. 266

TXT CD 8, Track 13

Escucha este comentario sobre Celia Cruz. Luego contesta las preguntas.

Celia Cruz, la reina de la música cubana nació en la Habana en 1925. Sus vecinos recuerdan que cantaba desde pequeña. Y no dejó de cantar hasta su muerte en el 2003 en Nueva York. Celia siempre fue una mujer valiente y atrevida. A pesar de su gran fama nunca fue presumida o vanidosa. Aunque abandonó Cuba en 1960 personifica el espíritu de la auténtica música cubana. Se destacó por su voz sobresaliente y su sorprendente energía hasta el final. Celia Cruz es una verdadera estrella de la música cubana.

UNIDAD 4, LECCIÓN 2 WORKBOOK SCRIPTS WB CD 2

CONVERSACIÓN SIMULADA

Level 3 Workbook p. 180

WB CD 2, Track 31

You are going to participate in a simulated telephone conversation with your friend, Miguel. First, read the outline of the whole conversation below. Next, listen to the audio. You will hear only what Miguel says to you. Then, listen to the audio again and fill in the pauses with the appropriate responses, according to your cues. A tone will tell you when to start and stop speaking.

FUENTE 2

WB CD 2, Track 32

<student response>

Miguel: Hola, ¿cómo estás? Es Miguel.

<student response>

Miguel: No creo que pueda. Unos amigos y yo queremos organizar una cena en beneficio del hospital de niños. Pero dudo que podamos hacerlo todo a tiempo. No creo que siendo sólo seis personas, podamos hacer todas las cosas que queremos. Es dificilísimo hacerlo todo para el viernes. ¿Quieres ayudarnos?

<student response>

Miguel: Yo pienso que es emocionante que todos queramos colaborar con los niños. Unas de las cosas más emocionantes es verles las caras cuando se ríen. ¿Cuándo es que quieres venir a ayudar?

<student response>

Miguel: Después de la cena vamos a ir a un concierto de Juan Luis Guerra en beneficio del mismo hospital. ¿Quieres venir? Ah, ¿no te dije? Él va a ir a la cena también. Es el mejor merenguero del mundo; es buenísimo. Aunque es improbable que llegue temprano, nos dijo que tenía algo que hacer antes de ir.

<student response>

Miguel: Bueno, ahora voy a llamar a otros amigos. Un saludo, nos vemos mañana.

Audio Scripts

INTEGRACIÓN ESCRIBIR

Level 3 Workbook p. 181

WB CD 2, Track 33

Escucha lo que dice un periodista en un programa de radio. Toma notas.

FUENTE 2

WB CD 2, Track 34

Periodista: Todos sabemos que es bueno ayudar a los demás y que hay muchas profesiones que lo hacen. Pero, ¿quién elige una profesión en la que hay peligro todos los días? Yo les voy a decir quiénes hacen esto. Los bomberos de nuestra ciudad. Es sorprendente que nuestros bomberos ya tengan ochenta y cinco años trabajando en nuestra ciudad. Nosotros nos alegramos de que se arriesguen y protejan nuestras vidas. Por eso, hoy en el parque, vamos a decirles ¡gracias!

ESCUCHAR A, ACTIVIDAD 1

Level 3 Workbook p. 182

WB CD 2, Track 35

Escucha a Roberto. Luego, marca con una X las cosas que él dice sobre los bomberos.

Roberto: Me llamo Roberto y soy bombero. Mis compañeros actúan con valentía cuando tienen que ayudar a las personas. Es imposible que actuemos solos; siempre actuamos en equipo. Es un honor trabajar con mis compañeros. Me alegro mucho de que tengamos esta buena amistad.

ESCUCHAR A, ACTIVIDAD 2

Level 3 Workbook p. 182

WB CD 2, Track 36

Escucha a Patricia. Luego, une con flechas las oraciones para entender qué pasó en su casa.

Patricia: Hola, me llamo Patricia. Ayer, mi familia y yo tuvimos mucho miedo. Una inundación muy grande tomó mi casa por sorpresa. Es improbable que sepamos cómo empezó. Sin embargo, hay muchas cosas que podemos hacer para evitarla. Es lamentable que nuestra casa esté tan dañada. Afortunadamente, todos estamos bien gracias a los bomberos que son las personas más valientes de nuestra ciudad.

ESCUCHAR B, ACTIVIDAD 1

Level 3 Workbook p. 183

WB CD 2, Track 37

Escucha a Damián. Luego, subraya las cosas que él dice sobre sus metas.

Damián: A comienzos de este año, mis metas eran muchas. No logré cumplirlas todas pero sí las más importantes. Al menos aprendí que, a veces, es imposible que podamos cumplir con tantos propósitos. Creo que es mejor tener pocos, pero que sean los más importantes. Por ejemplo, me alegro de que mis notas sean muy buenas y de que mi equipo de fútbol sea el campeón. También me alegro de que mis amigos y yo estemos juntos. Estas cosas estaban entre mis metas.

ESCUCHAR B, ACTIVIDAD 2

Level 3 Workbook p. 183

WB CD 2, Track 38

Escucha a la señora Vargas. Luego, completa las oraciones.

Señora Vargas: Mi hijo es un chico muy responsable. Él tiene metas nuevas para cada año. Tiene las metas más difíciles de lograr, pero todo el año cumple con sus deberes y hace las cosas necesarias para alcanzar sus propósitos. Es imposible que alguien lo vea haciendo algo que no debe hacer. Este año dijo que sus metas van a ser más realistas. Es un chico sorprendente.

ESCUCHAR C, ACTIVIDAD 1

Level 3 Workbook p. 184

WB CD 2, Track 39

Escucha la conversación de Natalia y Ricardo. Toma apuntes. Luego, completa las siguientes oraciones.

Natalia: ¡Hola, Ricardo! ¿Cómo estás? Yo estoy un poco nerviosa.

Ricardo: ¡Hola, Natalia! Es imposible que tú estés nerviosa. Eres la chica más tranquila de la escuela. ¿Por qué estás nerviosa?

Natalia: Es que ya tengo que escoger mi profesión y todavía no sé qué voy a hacer. Es una lástima que tenga que perder un año por eso.

Ricardo: Mira, creo que tienes que estar tranquila. Es muy difícil si estás tan nerviosa.

Natalia: Sí, tienes razón. Sin embargo, una de mis metas para este año es saber qué voy a estudiar. Por eso estoy tan nerviosa. ¡Me gustan muchas cosas!

Ricardo: Tal vez leer sobre distintas profesiones te ayude.

Natalia: Sí. Es una buena idea; espero que funcione.

Ricardo: Yo tengo unos libros en mi casa. Te los doy esta tarde.

ESCUCHAR C, ACTIVIDAD 2

Level 3 Workbook p. 184

WB CD 2, Track 40

Escucha al señor García y toma apuntes. Luego, contesta las siguientes preguntas con oraciones completas.

Señor García: Buenas tardes. Soy el señor García. Mi trabajo es ayudar a los chicos que no saben qué profesión elegir. No es verdad que todos sepan qué estudiar, a veces necesitan ayuda. Los chicos más prácticos estudian profesiones como programador o técnico. Los chicos más realistas estudian profesiones como periodista o científico. Los chicos más artísticos estudian profesiones como músico o pintor. A mí me alegra que ellos escojan la carrera que los hace felices.

LEVEL 3 ASSESSMENT SCRIPTS
TEST CD 2

LESSON 2 TEST: ESCUCHAR
ACTIVIDAD A

Modified Assessment Book p. 131

On-level Assessment Book p. 177

Pre-AP Assessment Book p. 131

TEST CD 2, Track 25

Escucha el siguiente audio. Luego, completa la actividad A.

Siento mucho que la gente no preste atención al trabajo que hacen los secretarios y las secretarias todos los días. Ellos son los héroes y heroínas que siempre están presentes. El secretario es la persona más importante de la oficina. Dudamos mucho que su meta sea la fama; es el deber de apoyar a los empleados lo que los hace valiosos y especiales. Es improbable que el trabajo de una oficina se pueda hacer bien sin un buen secretario o una buena secretaria. En realidad, nos sorprende que muchos empleados no se den cuenta de la importancia que tienen los secretarios en nuestra vida de trabajo.

ESCUCHAR ACTIVIDAD B

Modified Assessment Book p. 131

On-level Assessment Book p. 177

Pre-AP Assessment Book p. 131

TEST CD 2, Track 26

Escucha el siguiente audio. Luego, completa la actividad B.

Pilar: Tato, ¿ya decidiste qué quieres ser?

Tato: Pues sí, quiero ser cartero.

Pilar: ¿Cómo dices? ¿Cartero?

Tato: Sí. Me gusta mucho el trabajo que hace un cartero. Pienso que es un trabajo de mucho sacrificio.

Pilar: No entiendo nada.

Tato: Mira Pilar. Los carteros tienen que arriesgarse para cumplir su deber, que es el de llevar los mensajes a tiempo.

Pilar: Tato, el año pasado me dijiste que querías estudiar para ser veterinario y ayudar a los animales.

Tato: Sí, me gusta ayudar a los animales, pero prefiero ayudar a las personas y arriesgar mi vida para llevar y traer mensajes de todo el mundo.

Pilar: No pareces muy realista. Me parece sorprendente que pienses así. En estos tiempos, no creo que vayas a arriesgar la vida como cartero.

Tato: Bueno, Pilar, es posible que tengas razón, pero de todos modos me gusta el trabajo del cartero.

HABLAR

Level 3 Pre-AP Assessment Book p. 136

TEST CD 2, Track 27

You are going to participate in a simulated telephone conversation with your friend Alfonso. First, read the outline of the whole conversation below. Next, listen to the audio. You will hear only what Alfonso says to you. Then, listen to the audio again and fill in the pauses with the appropriate responses, according to your cues. A tone will tell you when to start and stop speaking.

Audio Scripts

Copyright © by McDougal Littell, a division of Houghton Mifflin Company.

FUENTE 2

TEST CD 2, Track 28

¡Hola! Oye, soy yo, Alfonso. ¿Cómo estás?

<student response>

Mira, es posible que yo vaya a Estados Unidos para estudiar y mejorar mi inglés. ¿Qué te parece?

<student response>

Ya sabes que me gustan los negocios. Aunque voy a ir al colegio, quiero trabajar también. ¿Crees que eso sea posible?

<student response>

Creo que hay oportunidades para estudiantes jóvenes en trabajos más o menos fáciles, ¿verdad?

<student response>

Oye, tú que eres sincero y práctico: Quiero que me aconsejes y me digas qué tipos de trabajo puedo encontrar o en qué tipo de profesiones puedo ayudar.

<student response>

Yo quiero ser como Donald Trump. ¿Tú no miras el programa «El aprendiz»?

<student response>

Bueno, aquí el programa «El aprendiz» es muy popular. Yo lo miro todas las semanas y quiero presentarme a ese concurso. ¿Crees que sea posible?

<student response>

Bueno, me tengo que ir. Ya sabes que es muy probable que nos veamos pronto. Te escribo pronto un correo electrónico con más detalles. ¡Hasta pronto!

<student response>

ESCRIBIR

Level 3 Pre-AP Assessment Book p. 137

TEST CD 2, Tracks 29–30

Vas a escuchar un mensaje telefónico que recibiste de tu amiga Elvira. Toma apuntes.

FUENTE 2

TEST CD 2, Track 30

Hola:

Oye, es Elvira. Mira, quiero dejarte un mensaje con algunas ideas que tengo para el proyecto de escritura en el que quieres participar.

Puedes hablar, por ejemplo, sobre algunos héroes o heroínas de los países hispanohablantes. Piensa, por ejemplo, en:

José Martí, quien luchó y murió por la liberación de Cuba. Además, es uno de los grandes escritores americanos.

O en Rigoberta Menchú, quien ganó el Premio Nobel de la Paz por la lucha de los derechos humanos en Guatemala y en el mundo.

Pero además de los grandes escritores, libertadores o héroes y heroínas de la justicia social, podrías también escribir sobre algún héroe o alguna heroína de tu comunidad. Recuerda cuáles son sus características o cualidades, qué consideraban que era su deber, sus logros, los sacrificios que tuvieron que hacer y la valentía que debieron tener para alcanzar sus metas.

Bueno, hablamos luego. Me alegro mucho de que escribas sobre tu heroína o héroe favorito. ¡Mucha suerte con el proyecto! Adiós.

UNIT 4 TEST: ESCUCHAR
ACTIVIDAD A

Modified Assessment Book p. 143

On-level Assessment Book p. 189

Pre-AP Assessment Book p. 143

TEST CD 2, Track 31

Escucha el siguiente audio. Luego completa la actividad **A**.

Como directora de nuestra querida Escuela Laboratorio Alma Máter, es mi deber recordarles a todos en el año nuevo nuestro código de conducta que son los cinco principios siguientes

1. Deseamos que se destaquen por su conducta generosa.

2. Prohibimos que los estudiantes sean presumidos y orgullosos.

3. Exigimos que hagan trabajo sobresaliente en todo.

4. Prohibimos que personifiquen malas cualidades como la vanidad, el orgullo y la impaciencia.

5. Y esperamos que imiten a las personas modestas, sinceras y pacientes.

ACTIVIDAD B

Modified Assessment Book p. 143

On-level Assessment Book p. 189

Pre-AP Assessment Book p. 143

TEST CD 2, Track 32

Escucha el siguiente audio. Luego, completa la actividad B.

Entrevistadora: Hoy en su programa favorito «Profesionales que se convierten en famosos» entrevistamos al señor García, asistente de la famosa detective Zapata. ¿Puede explicarnos por qué la detective Zapata es tan famosa?

Asistente: La detective Zapata se convirtió en súper detective cuando logró solucionar el crimen del Banco Central. Su trabajo la llevó a descubrir quién, cómo, cuándo y todos los detalles del crimen. Ella es una profesional auténtica. Es un honor para mí ser su asistente; no creo que exista otra detective tan ingeniosa y dedicada en el mundo.

Entrevistadora: Me alegro de que usted la aprecie tanto, pero me sorprende que una detective como ella, con tanto trabajo, tenga sólo dos asistentes. ¿Es cierto que ella es un poco impaciente con sus asistentes?

Asistente: No es cierto que ella sea impaciente. Ella exige que sus asistentes hagan un trabajo sobresaliente porque ella también hace trabajo sobresaliente. Ella se destaca por su trabajo constante y sin embargo es una persona muy considerada.

Entrevistadora: Gracias por sus palabras. Eso es todo en «Profesionales que se convierten en famosos».

HABLAR

Pre-AP Assessment Book, p. 148

TEST CD 2, Track 33

You are going to participate in a simulated telephone conversation with Mario Solís. First, read the outline of the whole conversation below. Next, listen to the audio. You will hear only what Mario Solís says to you. Then, listen to the audio again and fill in the pauses with the appropriate responses, according to your cues. A tone will tell you when to start and stop speaking.

FUENTE 2

TEST CD 2, Track 34

Hola. Habla Mario Solís.

<student response>

Muchas gracias por entrevistarme. Yo también me alegro de estar aquí.

<student response>

Claro, pregúntame…pero espero que no trates de investigar mi vida personal.

<student response>

Sí, estoy de acuerdo que a la gente le gusta saber… ¡y criticar también!

<student response>

No, no es cierto que yo sea el cantante más popular. Hay muchos otros que se destacan.

<student response>

Pues … si me idealizan, ¿qué quieres que yo haga?

<student response>

Sincero, sí soy. ¿Generoso? ¡Mmmm! No sé. Es posible que lo sea.

<student response>

Bueno, los conciertos son mi carrera. Las donaciones son voluntarias. Yo creo que todos debemos dar lo que podamos.

<student response>

Te cantaré lo que quieras.

<student response>

ESCRIBIR

Pre-AP Assessment Book p. 149

TEST CD 2, Track 35

Escucha las opiniones del comité. Toma notas mientras escuchas.

FUENTE 2

TEST CD 2, Track 36

Un líder debe ser una persona razonable y dedicada. También es importante que sea una persona comprensiva con la gente y fiel a sus principios. Es necesario que nos inspire. Además, es imprescindible que se comporte muy bien y que represente las mejores cualidades. Las primeras que le pedimos son dedicación y sinceridad. ¡Sinceridad primero que todo!

Está bien ser popular y presentar una imagen agradable, pero esto no es suficiente: es necesario que el líder supere los problemas, que cumpla sus promesas, que insista en la solución de problemas y que persista.

Audio Scripts

El voto es libre y voluntario, pero es necesario que estudiemos y comparemos a los candidatos. Solamente de esa forma podremos tomar una decisión inteligente. Así que yo le pregunto a cada uno de los candidatos: «Oye, candidato: ¿Tienes estas cualidades?»

Es importante recordar que lo que hacemos hoy, tendrá resultados y consecuencias mañana.

MIDTERM EXAM: ESCUCHAR ACTIVIDAD A

Modified Assessment Book p. 155

On-level Assessment Book p. 201

Pre-AP Assessment Book p. 155

TEST CD 2, Track 37

Escucha el siguiente audio. Luego completa la actividad A.

Neida:

Querida Lisa:

¿Cómo estás?

Sabes que soy muy aventurera. El año pasado, mis amigos René, Sandra y yo hicimos una excursión a Costa Rica y fue divertidísimo. La primera noche, dormimos en un albergue juvenil, pero después, tomamos el transporte público para llegar hasta un área de acampar llamada El Sol de la Mañana. Allí nos quedamos tres noches en una tienda de campaña frente a un lago de agua dulce, pero no descansé bien porque una araña se metió dentro de mi saco de dormir y me asusté.

Al día siguiente, di una caminata por el bosque y vi flores, mariposas de muchos colores, pájaros en los árboles y una serpiente. Por la noche encendí una fogata, y René y Sandra cocinaron en la estufa de gas.

Hoy supe que mis padres y yo vamos a pasar las vacaciones de verano en Puerto Rico, pero tengo que ahorrar dinero para comprar los boletos de avión. Sandra me dijo que allí también puedo ir a acampar para apreciar la naturaleza y hacer muchas actividades al aire libre, como pescar en el río, remar en un kayac y montar a caballo. Lo mejor es que el clima de Puerto Rico es muy cálido. ¡Ojalá tú puedas venir conmigo de vacaciones este verano!

Hasta pronto.

Tu amiga, Neida

ESCUCHAR ACTIVIDAD B

Modified Assessment Book p. 155

On-level Assessment Book p. 201

Pre-AP Assessment Book p. 155

TEST CD 2, Track 38

Escucha el siguiente audio. Luego completa la actividad B.

Lisa:

Querida Neida:

Gracias por tu invitación, pero no puedo ir contigo porque estaré de vacaciones en Yucatán, México. No sabía que mis padrinos tenían una casa en la playa, pero cuando lo supe, los llamé para decirles que quería pasar todo el verano con ellos.

Allí haré una actividad distinta todos los días. Jugaré al voleibol playero, haré surfing y conduciré el carro de mi padrino.

Por las mañanas, disfrutaré del amanecer de Yucatán y, por las tardes, me sentaré a la orilla de la playa para ver la puesta del sol y refrescarme con la brisa del mar. Pienso tomar el sol todos los días… recostarme en la arena… pero si el calor es agobiante, entonces usaré una sombrilla para protegerme.

Cuando regreses de tus vacaciones, envíame fotos por correo electrónico. Yo te mandaré recuerdos de mi viaje a Yucatán. Espero saber de ti pronto.

¡Adiós amiga! Lisa

HABLAR

Pre-AP Assessment Book p. 163

TEST CD 2, Track 39

Escucha el mensaje telefónica que le deja una amiga. Es sobre el aviso de filmación que acabas de leer.

FUENTE 2

TEST CD 2, Track 40

Hola Alberto. Llamé a *Cine Onda,* como me dijiste. Las escenas del debate se filman en nuestra ciudad, en el mismo lugar donde fue el debate hace cincuenta años. Es el aniversario, ¿sabes? Mi abuela se acuerda del evento. Fue un caso en que prohibieron que un inventor recibiera patente por un sistema de aire acondicionado porque el sistema usaba alguna forma de radiación. Este señor pensaba donarlo al hospital de niños, pero nunca le dejaron venderlo. ¡Fíjate, en aquellos tiempos! La película es un documental y creo que estudia la transformación técnica y científica durante estos años. Es importante que las personas que hagan el papel del público sean de esta ciudad para que la película parezca auténtica y también para hacerle publicidad. ¿Nos haremos famosos? Bueno, nos divertiremos y será a beneficio de los pobres.

¡Ah! Es mejor que llames a Pablo y se lo digas. Nos encontraremos mañana a las ocho y media.

ESCRIBIR

Pre-AP Assessment Book p. 164

TEST CD 2, Track 41

Escucha el diálogo de dos estudiantes que asistieron a la reunión de orientación que anunciaron en el volante que acabas de leer.

FUENTE 2

TEST CD 2, Track 42

Male: ¿Desde cuándo trabajas en este proyecto?

Female: Desde que lo empezaron. Bueno, por el momento me encargo del diseño del letrero de promoción, pero en julio empezaré a trabajar en un proyecto científico. ¿Y tú?

Male: Yo soy nuevo. Leí el anuncio que necesitaban voluntarios y me ofrecí.

Female: ¿Así que vas a Puerto Rico?

Male: Pues, es posible que yo vaya. Primero veré lo que dicen en la reunión y luego me decidiré.

Female: Yo creo que es una obligación social hacer trabajo voluntario. El año pasado estuve en México cuando tuvieron los temblores y hubo mucho trabajo que hacer para limpiar los daños; limpiamos, recogimos, distribuimos comida… logramos nuestro objetivo. No dudo que ese proyecto en Puerto Rico tendrá éxito también. Pero este año haré trabajo de estudios con el famoso doctor Salgado.

Male: ¿Y te van a pagar?

Female: Lo hago por aprender, no por el dinero. El doctor Salgado conoce todas las islas. Creo que va con ustedes en el viaje a Puerto Rico. Allí se le considera un héroe por sus esfuerzos en mejorar la vida de la gente. A mí me inspira y quiero aprender más de la ecología del Caribe y de los problemas del medio ambiente.

Male: Pues como tienes tanta experiencia en el Caribe, ¡aconséjame! ¿Hago el trabajo voluntario?

Female: Tú sabrás. Es necesario que te guste el proyecto. Piénsalo y no cometas un error. Para mí, la experiencia en México fue una gran satisfacción personal.

Male: ¿Podrías decirme lo que debo llevar? ¡No tengo ninguna idea!

Female: Ya te lo dirán en la reunión. Yo te recomiendo que no lleves muchos artículos personales. Te sugiero que lleves una cámara digital y una cantimplora; tendrás que hacer largas caminatas y el calor puede ser agobiante. ¡Ah! Y no te olvides del pasaporte, que sin él no podrás entrar en el país.

Male: ¡Pues muchísimas gracias!

HERITAGE LEARNERS SCRIPTS
HL CDS 1 & 4

CONVERSACIÓN SIMULADA

Level 3 HL Workbook p. 182

HL CD 1, Track 29

Vas a participar en una conversación telefónica simulada con tu amiga Eduviges. Primero, lee el bosquejo de la conversación que aparece en la página. Luego, escucha el audio. Tú sólo oirás lo que te dice Eduviges. Entonces escucha el audio de nuevo. Esta vez participarás en la conversación. Responde de forma oral a lo que te dice Eduviges. Una señal te indicará cuando te toque a ti hablar.

FUENTE 2

HL CD 1, Track 30

Eduviges: Hola, soy Eduviges. ¿Cómo estás? Yo estoy muy triste.

<student response>

Eduviges: Es que perdimos la final de zona y eso quiere decir que este año no voy a ser campeona de fútbol. ¡No podía creer que me hubieran anulado el último gol! También mi papá se puso muy triste con el resultado

Audio Scripts

final del partido. ¡Fue un tremendo error del árbitro!

\<student response\>

Eduviges: Sí, yo también pienso que es una pena. Apenas podía creerlo. El balón jamás tocó mi mano. ¡A todo el público le sorprendió la decisión del árbitro! Pero, ¿qué podemos hacer? Es tristísimo. Gracias por tus palabras. Cambiando de tema, ¿vas a venir a mi fiesta de cumpleaños?

\<student response\>

Eduviges: ¡Claro! Sabía que contaba contigo. ¿Qué te parece si nos reunimos con Carolina mañana por la tarde, después de la clase de guitarra? Podemos comenzar a planearla.

\<student response\>

Eduviges: ¡Bueno, muy bien! ¡Adiós!

\<student response\>

INTEGRACIÓN ESCRIBIR

Level 3 HL Workbook p. 183

HL CD 1, Track 31

Escucha los comentarios de Silvia Montero, una locutora de radio público en San Juan, Puerto Rico. Toma notas. Luego completa la actividad.

FUENTE 2

HL CD 1, Track 32

Ya hemos hablado de esto en otras ocasiones pero en luz de lo que sucedió este fin de semana cuando dos familias de dominicanos estuvieron a punto de morir ahogadas en su viaje ilegal a Puerto Rico, creo que puedo volver a expresar mi opinión. No hay persona que no sienta la desesperación de estas personas por hacerse una nueva vida. «El mundo entero en estos momentos está emigrando. Los haitianos viajan a la República Dominicana, los dominicanos a Puerto Rico, los mexicanos a Estados Unidos, los marroquíes a España», dijo José Ramón Díaz, el director de una película que narra sucesos parecidos. Creo que tiene razón. Y yo le pregunto a usted, amigo, amiga que me escucha: ¿no le parece que hay un poco de ironía en esto? Líneas abiertas, llame y exprese su opinión. Soy Silvia Montero y regreso después de estos mensajes.

HERITAGE LEARNERS ASSESSMENT SCRIPTS

UNIDAD 4, LECCIÓN 2, EXAMEN DE LA LECCIÓN

Level 3 HL Assessment Book p. 137

HL CD 4, Track 25

Escucha la grabación y contesta las preguntas con oraciones completas.

¡Hola, me llamo Adriana! Me alegro de que estés interesado en el periodismo. Si quieres estudiar esta profesión tienes que tener en cuenta lo siguiente. El propósito de esta carrera es mantener al público informado. Es una gran responsabilidad, por lo tanto, tienes que ser honesto. Muchos periodistas exageran y distorsionan la realidad para hacerla más interesante o para cumplir propósitos políticos. No creo que ésa sea

la mejor manera de trabajar. Estoy segura de que muchos periodistas han tenido éxito escribiendo cosas verdadero.Si todavía no puedes estudiar periodismo, te recomiendo que empieces a ver el noticiero en la televisión, a leer el periódico o a escuchar las noticias en la radio diariamente. Si prestas atención, vas a darte cuenta de muchos aspectos del periodismo. ¡Buena suerte!

ACTIVIDAD B

Level 3 HL Assessment Book p. 137

HL CD 4, Track 26

Escucha la conversación y contesta las preguntas con oraciones completas.

Manolo: Patricia, ¿te acuerdas de cuando éramos niños? ¡Cómo soñábamos con lo que íbamos a hacer en la vida!

Patricia: ¡Es cierto! Tú querías ser policía y yo soñaba con ser veterinaria.

Manolo: Sí, y míranos ahora…tú conseguiste tu meta y ahora cuidas animales.

Patricia: Y tú no eres policía, pero haces un trabajo similar.

Manolo: Así es, ahora soy bombero. La verdad es que los dos trabajos son arriesgados.

Patricia: Sí, tienes que tener mucha valentía para dedicarte a proteger a la gente.

Manolo: Es un gran sacrificio. Muchas veces tengo que trabajar por muchas horas y estar lejos de mi familia.

Patricia: Estoy segura de que tu familia es comprensiva y está orgullosa de tu trabajo.

Manolo: Sí, es verdad.

Patricia: Bueno, pues te dejo, tengo que volver a la clínica a trabajar.

Manolo: De verdad que me sorprendes… ¡todo el día en compañía de animales!

Patricia: Sí, ¡Me encanta mi trabajo!

HABLAR

Level 3 HL Assessment Book p. 142

HL CD 4, Track 27

Vas a participar en una conversación telefónica simulada con tu amigo Alfonso. Primero, lee el bosquejo de la conversación que aparece en la página. Luego, escucha el audio. Tú sólo oirás lo que te dice Alfonso. Entonces escucha el audio de nuevo. Esta vez participarás en la conversación. Responde de forma oral a lo que te dice Alfonso. Una señal te indicará cuando te toque a ti hablar.

FUENTE 2

HL CD 4, Track 28

¡Hola!

Oye, soy yo, Alfonso. ¿Cómo estás.

\<student response\>

Mira, es posible que yo vaya a Estados Unidos para estudiar y mejorar mi inglés. ¿Qué te parece?

\<student response\>

Ya sabes que me gustan los negocios. Aunque voy a ir al colegio, quiero trabajar también. ¿Crees que eso sea posible?

\<student response\>

Creo que hay oportunidades para estudiantes jóvenes en trabajos más o menos fáciles, ¿verdad?

\<student response\>

Oye, tú que eres sincero y práctico: Quiero que me aconsejes y me digas qué tipos de trabajo puedo encontrar o en qué tipo de profesiones puedo ayudar.

\<student response\>

Yo quiero ser como Donald Trump. ¿Tú no miras el programa «El aprendiz»?

\<student response\>

Bueno, aquí el programa «El aprendiz» es muy popular. Yo lo miro todas las semanas y quiero presentarme a ese concurso. ¿Crees que sea posible?

\<student response\>

Bueno, me tengo que ir. Ya sabes que es muy probable que nos veamos pronto. Te escribo pronto un correo electrónico con más detalles. ¡Hasta pronto!

\<student response\>

ESCRIBIR

Level 3 HL Assessment Book p. 143

HL CD 4, Track 29

Vas a escuchar un mensaje telefónica que recibiste de tu amiga Elvira. Toma apuntes.

FUENTE 2

HL CD 4, Track 30

¡Hola! Oye, es Elvira. Mira, quiero dejarte un mensaje con algunas ideas que tengo para el proyecto de escritura en el que quieres participar.

Puedes hablar, por ejemplo, sobre algunos héroes o heroínas de los países hispanohablantes. Piensa, por ejemplo, en:

José Martí, quien luchó y murió por la liberación de Cuba. Además, es uno de los grandes escritores americanos.

O en Rigoberta Menchú, quien ganó el Premio Nobel de la Paz por la lucha de los derechos humanos en Guatemala y en el mundo.

Pero además de los grandes escritores, libertadores o héroes y heroínas de la justicia social, podrías también escribir sobre algún héroe o alguna heroína de tu comunidad. Recuerda cuáles son sus características o cualidades, qué consideraban que era su deber, sus logros, los sacrificios que tuvieron que hacer y la valentía que debieron tener para alcanzar sus metas.

Bueno, hablamos más luego. Me alegro mucho de que escribas sobre tu heroína o héroe favorito. ¡Mucha suerte con el proyecto! Adiós.

UNIT 4 TEST: ESCUCHAR ACTIVIDAD A

Level 3 HL Assessment Book p. 149

HL CD 4, Track 31

Escucha el diálogo entre Alfonso y Julia y contesta las preguntas.

Audio Scripts

Alfonso: Oye, Julia. ¿Sabes que hay competencia para el mejor ensayo en español?

Julia: No, Alfonso. ¿Cuál es el tema?

Alfonso: Es sobre lo que quieras ser cuando seas adulto o adulta y por qué. El año pasado hubo un concurso parecido y mi primo Ramiro logró el primer premio. Ahora voy a intentar ganarlo yo.

Julia: ¿Y qué profesión elegirás para tu composición?

Alfonso: La de los bomberos, porque yo los admiro mucho y quiero ser como ellos. Voy a escribir sobre el sacrificio y la valentía en el trabajo del bombero, sobre como arriesgan sus vidas por los demás. ¿Qué te parece?

Julia: Creo que es el tema de una buena composición, aunque me sorprende un poco el oficio que elegiste. Siempre pensé que querías ser músico, como tu papá, que toca tan lindo la guitarra.

Alfonso: Me gusta mucho la música, pero más para oírla que para tocarla. Sin embargo, como dice papá, todavía estoy muy chico para decidir definitivamente lo que seré de grande.

Julia: Te entiendo, uno puede cambiar de idea según pasan los años; como mi hermano Luis, que de chico quería ser artista y ahora estudia medicina. Además la profesión del bombero no es la única que exige sacrificios. Recuerda que también los doctores trabajan muchas horas para mantener sanos a sus pacientes.

Alfonso: Así es, tienes razón. Todos los oficios requieren sacrificio y los podrían contagiar valentía. Pero por el momento yo sueño con ser bombero.

ESCUCHAR ACTIVIDAD B

Level 3 HL Assessment Book p. 149

HL CD 4, Track 32

Escucha lo que dice un joven sobre su tío Alonso. Contesta las siguientes preguntas con oraciones completas.

Mi tío Alonso es veterinario y a mí me gusta verlo atender a los animalitos. Su profesión es muy noble y él es una persona generosa. Cuando le pregunto por qué siguió esa profesión, me cuenta unas historias lindas de lo mucho que conellos quería a los perros de su infancia. Mi tío con ellos jugaba con ellos todo el día. Yo lo entiendo bien porque los perros no solamente son animalitos inteligentes, sino que además son comprensivos, fieles y muy cariñosos. Muchos perros tienen además un oficio y lo ejercen con dedicación y talento; muchas personas ciegas, por ejemplo, tienen perros que les sirven de guías; y cuando hay grandes catástrofes, usan perros entrenados para encontrar a los sobrevivientes. Mi tío, sin embargo, no solamente quiere a los perros. Siente mucho cariño por todos los animales. Ese amor lo empujó a convertirse en veterinario y yo quiero imitarlo.

HABLAR

HL Assessment Book p. 154

HL CD 4, Track 33

Vas a participar en una conversación telefónica simulada con Mario Solís. Primero, lee el bosquejo de la conversación que aparece en la página. Luego, escucha el audio. Tú sólo oirás lo que te dice Mario Solís. Entonces escucha el audio de nuevo. Esta vez, participarás en la conversación. Responde de forma oral a lo que te dice Mario Solís. Una señal te indicará cuando te toque a ti hablar.

FUENTE 2

HL CD 4, Track 34

¡Hola! Habla Mario Solís.

<student response>

—Muchas gracias por entrevistarme. Yo también me alegro de estar aquí.

<student response>

—Claro, pregúntame, pero espero que no trates de investigar mi vida personal.

<student response>

—Sí, estoy de acuerdo que a la gentele gusta saber, y criticar también.

<student response>

—No, no es cierto que yo sea el cantante más popular. Hay muchos otros que se destacan.

<student response>

—Pues … si me idealizan, ¿qué quieres que yo haga?

<student response>

—Sincero, sí soy. ¿Generoso? ¡uuum! No sé. Es posible que lo sea.

<student response>

—Bueno, los conciertos son mi carrera. Las donaciones son voluntarias. Yo creo que todos debemos dar lo que podamos.

<student response>

—Te cantaré lo que quieras.

ESCRIBIR

Level 3 HL Workbook p. 155

HL CD 4, Track 35

Escucha las opiniones del comité. Toma notas mientras escuchas.

FUENTE 2

HL CD 4, Track 36

Un líder debe ser una persona razonable y dedicada. También es importante que sea una persona comprensiva con la gente y fiel a sus principios. Es necesario que nos inspire. Además, es imprescindible que se comporte muy bien y que represente las mejores cualidades. Las primeras que le pedimos son dedicación y sinceridad. ¡Sinceridad primero que todo!

Está bien ser popular y presentar una imagen agradable, pero esto no es suficiente: es necesario que el líder supere los problemas; que cumpla sus promesas; que insista en la solución de problemas y que persista.

El voto es libre y voluntario, pero es necesario que estudiemos y comparemos a los candidatos. Solamente de esa forma podremos tomar una decisión inteligente. Así que yo le pregunto a cada uno de los candidatos: «Oye, candidato: ¿Tienes estas cualidades?» Es importante recordar que lo que hacemos hoy, tendrá resultados y consecuencias mañana.

EXAMEN SEMIFINAL

Level 3 HL Assessment Book p. 161

ESCUCHAR A

HL CD 4, Track 37

Escucha la conversación entre Estrella y Manolo. Luego, lee las siguientes preguntas y haz un círculo alrededor de la contestación correcta.

Estrella: ¿Cómo estás, Manolo? Te noto pensativo.

Manolo: Estoy bien, Estrella, pero no he parado de pensar sobre un artículo que leí.

Estrella: ¿De qué se trataba?

Manolo: Trataba sobre la contaminación ambiental y el deterioro de la capa de ozono.

Estrella: ¡Ya sé! Es un tema muy importante, sin embargo, mucha gente no le da importancia.

Manolo: Así es. Lo estuve discutiendo con mi papá por teléfono. Él dice que uno tiene responsabilidades con el medio ambiente y que todos podemos poner nuestro granito de arena para mejorar esta lamentable situación. Por ejemplo, no debemos arrojar basura en las calles ni desperdiciar irresponsablemente el agua. Mi papá procura usar su carro lo menos posible y durante el verano se va al trabajo en bicicleta.

Estrella: Pues fíjate que mi tía Celia también está preocupada con ese tema. La semana pasada me estaba diciendo que quería vender su camioneta para comprarse un carro híbrido, pues usa poca gasolina y no causa mucha contaminación.

Manolo: ¡Qué bien! Lo importante es no quedarnos con los brazos cruzados como si la contaminación fuese algo inevitable. El artículo que leí no era tan pesimista, pues también mostraba la exitosa lucha de mucha gente por proteger o mejorar el medio ambiente en que viven. Eso da mucha esperanza.

ESCUCHAR ACTIVIDAD B

Level 3 HL Assessment Book p. 161

HL CD 4, Track 38

Escucha el anuncio de la radio y luego completa la oración con la opción más lógica.

Queremos darle las gracias a los dueños del Supermercado Jiménez por su gran contribución al teletón de la semana pasada. El Sr. Jiménez y su familia donaron más de $5,000 para patrocinar varios programas educativos en la televisión. Su donación fue importante porque con ese dinero y el de otros patrocinadores, un canal de televisión público de nuestra área pudo grabar varios cortometrajes y foros de debate en español. También se recaudaron fondos a beneficio de los sordos, que necesitan subtitulación para entender estos programas.

La obra caritativa de esta familia va a ayudar a muchos telespectadores

Audio Scripts

hispanohablantes que no tienen acceso a programas en su idioma. Mañana, a las 4:00 de la tarde, los organizadores del teletón van a entrevistar a la familia en esta misma emisora. ¡Muchas felicidades!

HABLAR

Level 3 HL Assessment Book p. 169

HL CD 4, Track 39

Escucha el mensaje telefónico. Es sobre el aviso de filmación que acabas de leer.

FUENTE 2

HL CD 4, Track 40

Hola Alberto. Llamé a *Cine Onda,* como me dijiste. Las escenas del debate se filman en nuestra ciudad, en el mismo lugar donde fue el debate hace cincuenta años. Es el aniversario, ¿sabes? Mi abuela se acuerda del evento. Fue un caso en que prohibieron que un inventor recibiera patente por un sistema de aire acondicionado porque el sistema usaba alguna forma de radiación. Este señor pensaba donarlo al hospital de niños, pero nunca le dejaron venderlo. ¡Fíjate, en aquellos tiempos! La película es un documental y creo que estudia la transformación técnica y científica durante esos años. Es importante que las personas que hagan el papel del público sean de esta ciudad para que la película parezca auténtica y también para hacerle publicidad. ¿Nos haremos famosos? Bueno, nos divertiremos y será a beneficio de los pobres.

¡Ah! Es mejor que llames a Pablo y se lo digas. Nos encontraremos mañana a las ocho y media.

ESCRIBIR

Level 3 HL Assessment Book p. 170

HL CD 4, Track 41

Escucha el diálogo de dos estudiantes que asistieron a la reunión de orientación que anunciaron en el volante que acabas de leer.

FUENTE 2

HL CD 4, Track 42

—¿Desde cuándo trabajas en este proyecto?

—Desde que lo empezaron. Bueno, por el momento me encargo del diseño del letrero de promoción, pero en julio empezaré a trabajar en un proyecto científico. ¿Y tú?

—Yo soy nuevo. Leí el anuncio que necesitaban voluntarios y me ofrecí.

—¿Así que vas a Puerto Rico?

—Pues, es posible que yo vaya. Primero veré lo que dicen en la reunión y luego me decidiré.

—Yo creo que es una obligación social hacer trabajo voluntario. El año pasado estuve en México cuando tuvieron los temblores y hubo mucho trabajo que hacer para limpiar los daños: limpiamos, recogimos, distribuimos comida ... logramos nuestro objetivo. No dudo que ese proyecto en Puerto Rico tendrá éxito también. Pero este año haré trabajo de estudios con el famoso doctor Salgado.

—¿Y te van a pagar?

—Lo hago por aprender, no por el dinero. El doctor Salgado conoce todas las islas. Creo que va con ustedes en el viaje a Puerto Rico. Allí se le considera un héroe por sus esfuerzos en mejorar la vida de la gente. A mí me inspira y quiero aprender más de la ecología del Caribe y de los problemas del medio ambiente.

—Pues como tienes tanta experiencia en el Caribe, ¡aconséjame! ¿Hago el trabajo voluntario?

—Tú sabrás. Es necesario que te guste el proyecto. Piénsalo y no cometas un error. Para mí, la experiencia en México fue una gran satisfacción personal.

—¿Podrías decirme lo que debo llevar? ¡No tengo ninguna idea!

—Ya te lo dirán en la reunión. Yo te recomiendo que no lleves muchos artículos personales. Te sugiero que lleves una cámara digital y una cantimplora; tendrás que hacer largas caminatas y el calor puede ser agobiante. ¡Ah! Y no te olvides del pasaporte, que sin él no podrás entrar en el país.

—¡Pues muchísimas gracias!

Map/Culture Activities _El Caribe_

❶ Hay tres países hispanohablantes en el Caribe. Localízalos y escribe sus nombres en el mapa.

❷ Estas oraciones describen las ciudades caribeñas que están en la caja de abajo. Complétalas con los nombres de las ciudades que son descritas (_are described_).

Carolina	La Habana	Mayagüez	Ponce	Punta Cana	San Juan	Santo Domingo

1. _____ es una playa famosa en la parte este de República Dominicana.

2. _____ es la capital de República Dominicana.

3. _____ es la cubana.

4. _____ está en el oeste de la isla de Puerto Rico.

5. _____ es un puerto (_port_) que se encuentra al sur de la isla puertorriqueña y se conoce como "la Perla del Sur".

6. _____ es la capital de Puerto Rico.

❸ ¿Cuál estado de los Estados Unidos está más cerca a los países hispanohablantes del Caribe?

_____

_____

Map/Culture Activities *El Caribe*

4 En la página 208 de tu libro, se mencionan algunos caribeños famosos. Imagina que estás leyendo un periódico (*newspaper*) argentino y ves los titulares siguientes (*following headlines*). Empareja cada titular con la persona que describe.

____ **1.** Julia Álvarez

____ **2.** Alejo Carpentier

____ **3.** Gloria Estefan

____ **4.** Ricky Martin

____ **5.** Pedro Martinez

____ **6.** Olga Tañón

a. pelotero dominicano que dejó (*left*) los Red Sox de Boston para jugar con los Mets de Nueva York

b. escritor cubano que publicó el libro *Los pasos perdidos*

c. gran cantante puertorriqueña que ganó cuatros premios Grammy, el último para su disco *Sobrevivir*

d. cantante cubana que dejó su grupo Miami Sound Machine.

e. autora dominicana que escribió el libro *In the Time of the Butterflies*

f. cantante puertorriqueña que dio un concierto en su país natal, Puerto Rico

5 ¿Cómo es el clima del Caribe? Descríbelo en tus propias palabras. ¿En qué se parece al clima de la región donde vives tú? ¿En qué es distinto?

_____

_____

_____

6 El Caribe es conocido por sus frutas tropicales y jugos naturales. ¿Cuáles son los productos típicos de la región donde tú vives?

_____

_____

_____

_____

UNIDAD 4 Map/Culture Activities

Map/Culture Activities Answer Key

EL CARIBE PAGES 65–66

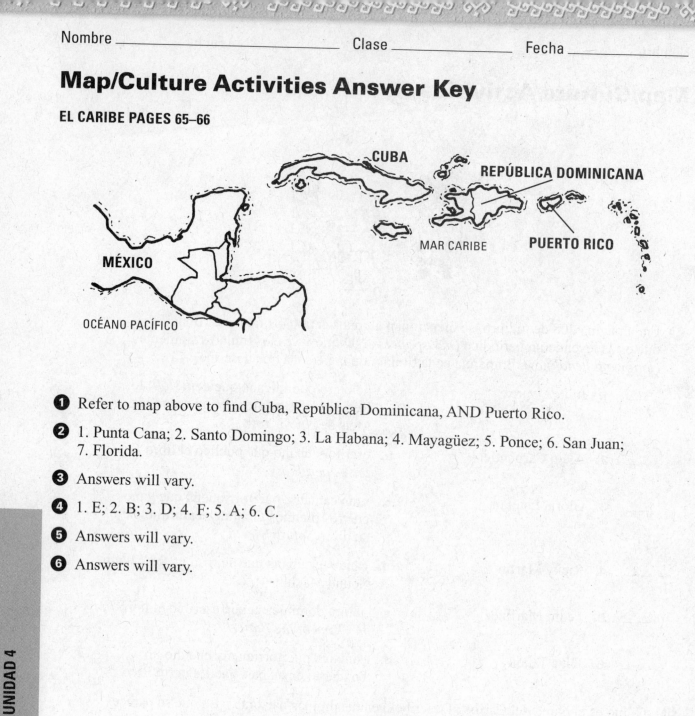

❶ Refer to map above to find Cuba, República Dominicana, AND Puerto Rico.

❷ 1. Punta Cana; 2. Santo Domingo; 3. La Habana; 4. Mayagüez; 5. Ponce; 6. San Juan; 7. Florida.

❸ Answers will vary.

❹ 1. E; 2. B; 3. D; 4. F; 5. A; 6. C.

❺ Answers will vary.

❻ Answers will vary.

UNIDAD 4

**Map/Culture Activities
Answer Key**

Fine Art Activities

La bodeguita del medio, Yerandi Torrés Lezcano

The restaurant depicted in this painting by Yerandi Torres Lezcano, located in Old Havana, Cuba, became a regular meeting place for famous journalists and artists throughout the 20th century. *La bodeguita del medio* was one of American author Ernest Hemingway's favorite places to visit during his stays in Cuba. Still located in a small storefront, it is now a popular tourist destination.

Examine *La bodeguita del medio* by Cuban artist Yerandi Torres Lezcano and answer the following questions.

1. The artist chose to depict a busy tourist attraction in a bustling area of the city. Strangely, however, there are no people present in the painting. How does this affect the mood of the painting? Why do you think the author decided not to include any human subjects?

_____

_____

_____

_____

2. The red car seems out of place in the narrow, colonial street. While the car is a modern invention, the street is lined with buildings that appear to be several hundred years old. What effect was Torres Lezcano trying to achieve with the juxtaposition of these two images? How does he portray this society?

_____

_____

_____

_____

La bodeguita del medio, old Havana (2003), Yerandi Torrés Lezcano. Dagli Orti/Contemporary Art Gallery Havana/ The Art Archive.

Fine Art Activities

Camaleón triste, Santiago Rodríguez Salazar

This Caribbean painting follows the Animalist tradition that is often found in Cuban and Haitian art. Works in this category feature fanciful depictions of animals in scenes of nature that include trees, rivers, and flowers. Animalist artists use bright colors and vivid patterns to convey a sense of awe and mysticism. Rodríguez Sálazar's technique blends the designs of the chameleon with the designs found in the rest of the painting, so that it truly disappears within its surroundings.

Study *Camaleón triste* and answer the following questions.

1a. Why do you think the chameleon's body wraps throughout the entire painting?

_____

_____

_____

b. What other animals can you find besides the chameleon? How did you notice them?

_____

_____

_____

2. If you were to create an Animalist painting, what animal(s) would you include and why? Would you use a technique similar to Rodríguez Salazar's?

_____

_____

_____

_____

_____

Camaleón triste (n.d.), Santiago Rodríguez Salazar (Chago). Oil on canvas, 60″ x 52″. Courtesy of Museum of Art, Fort Lauderdale, Florida, Permanent Collection, Gift of artist.

Copyright © by McDougal Littell, a division of Houghton Mifflin Company.

Fine Art Activities

Marpacífico (Hibiscus), Amelia Peláez

The unique style of Cuban modernist Amelia Peláez helped change the direction of artistic expression in her country. Although the cubist influence is obvious in her work, the decorative element, along with her signature thick, ornate black lines, challenged traditional ways of painting during the 1940s. Flowers, like the hibiscus in *Marpacífico*, were a favorite subject of the artist.

Study the 1943 painting *Marpacífico*, by Amelia Peláez, and complete the following activities.

1. Define the elements of *Marpacífico* that reflect the artist's knowledge of cubism.

_____

_____

_____

_____

_____

_____

2. What about this painting makes it unique? Describe the features that make *Marpacífico* a distinctive still life.

_____

_____

_____

_____

_____

_____

Marpacífico (Hibiscus) (1943), Amelia Peláez. Oil on canvas, 45 1/2″ x 35″. Gift of IBM. Collection of the Art Museum of the Americas, Organization of American States, Washington, DC.

Fine Art Activities

El mangle, Myrna Báez

Puerto Rican artist Myrna Báez is known for her unique depictions of contemporary urban and rural life in her home country. Mirrors, windows, and reflections are common images in her paintings and prints, as she explores the contrast between internal and external landscapes. *El mangle* is one of her most widely recognized works.

Complete the following activities based on your observations of *El mangle*, by Myrna Báez.

1. Do you think this painting is realistic or surreal? Explain your response using details from the work.

   _____

   _____

   _____

   _____

2. Many paintings of this style have symbolic messages. State what you think *El mangle* might mean. Then explain how the artist attempts to convey this meaning to the viewer.

   _____

   _____

   _____

   _____

El Mangle (1977), Myrna Báez. Acrylic on canvas. Museo de Arte de Ponce, The Luis A. Ferré Foundation, Inc., Ponce, Puerto Rico.

Fine Art Activities Answer Key

LA BODEGUITA DEL MEDIO, YERANDI TORRES LEZCANO p. 69

1. Answers will vary.
2. Answers will vary.

CAMALEÓN TRISTE, SANTIAGO RODRÍGUEZ SALAZAR p. 70

1a. Answers will vary. Possible answer: The winding body of the chameleon leads the viewer's eye through the painting, so he or she will notice the other animals and objects.

b. Answers will vary. Possible answer: Snake, alligator, bird, frog, and fish. Their eyes stand out and catch my attention.

2. Answers will vary. Possible answer: I would paint a horse because real horses are black, brown, white, and gray, so my colorful horse would be unique. I would paint lively patterns on the horse itself, like Rodríguez Sálazar did with his animals, but the background would be plain so the viewer could focus on the horse.

MARPACÍFICO (HIBISCUS), AMELIA PELÁEZ p. 71

1. Answers may vary. The focus on geometric shapes shows a cubist influence.

2. Answers may vary. Students may focus on the contrasting colors used, the ornate line work, etc.

EL MANGLE, MYRNA BÁEZ p. 72

1. Answers may vary. Mangrove trees are common along the Puerto Rican coast, and this is a rather accurate depiction. The eerie backlighting and the shift from light to darkness, top to bottom, have a surreal effect.

2. Answers will vary. Students may point out that while the top of the tree is full and bright, the roots are convoluted and shadowy, possibly indicating a struggle in life between appearance and reality, the surface and the inner being, etc.

UNIDAD 4   Fine Art Activities Answer Key

Date: _____

Dear Family:

We are about to begin *Unidad 4* of the Level 3 *¡Avancemos!* program. It focuses on authentic culture and real-life communication using Spanish in the Caribbean. It practices reading, writing, listening, and speaking, and introduces students to culture typical of the Caribbean.

Through completing the activities, students will employ critical thinking skills as they compare the Spanish language and the culture of the Caribbean with their own community. They will also connect to other academic subjects, using their knowledge of Spanish to access new information. In this unit, students are learning to describe people and things, tell others what to do, express wishes and desires, express doubt, denial, and disbelief, and express positive and negative emotions. They are also learning about grammar—subjunctive with **ojalá** and verbs of hope, subjunctive with verbs of influence, suffixes, and subjunctive with doubt and emotion.

Please feel free to call me with any questions or concerns you might have as your student practices reading, writing, listening, and speaking in Spanish.

Sincerely,

Family Involvement Activity

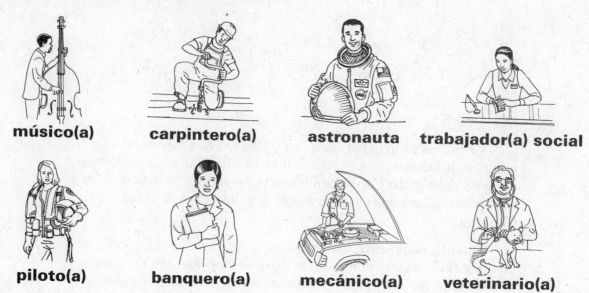

músico(a)　　carpintero(a)　　astronauta　　trabajador(a) social

piloto(a)　　banquero(a)　　mecánico(a)　　veterinario(a)

STEP 1

Create cards to play a game of clues. You will need eight index cards. At the top of each card write one of the following professions with its Spanish translation. Then write three clues under each profession. Your cards should look like the cards below:

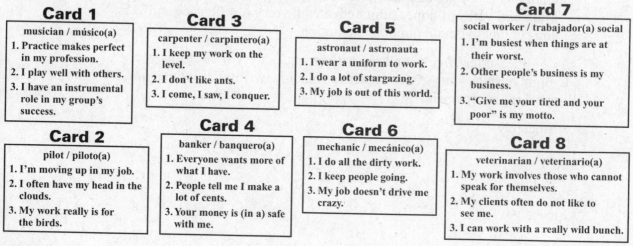

Card 1

musician / músico(a)

1. Practice makes perfect in my profession.
2. I play well with others.
3. I have an instrumental role in my group's success.

Card 2

pilot / piloto(a)

1. I'm moving up in my job.
2. I often have my head in the clouds.
3. My work really is for the birds.

Card 3

carpenter / carpintero(a)

1. I keep my work on the level.
2. I don't like ants.
3. I come, I saw, I conquer.

Card 4

banker / banquero(a)

1. Everyone wants more of what I have.
2. People tell me I make a lot of cents.
3. Your money is (in a) safe with me.

Card 5

astronaut / astronauta

1. I wear a uniform to work.
2. I do a lot of stargazing.
3. My job is out of this world.

Card 6

mechanic / mecánico(a)

1. I do all the dirty work.
2. I keep people going.
3. My job doesn't drive me crazy.

Card 7

social worker / trabajador(a) social

1. I'm busiest when things are at their worst.
2. Other people's business is my business.
3. "Give me your tired and your poor" is my motto.

Card 8

veterinarian / veterinario(a)

1. My work involves those who cannot speak for themselves.
2. My clients often do not like to see me.
3. I can work with a really wild bunch.

STEP 2

Take one of the cards you made and read the clues, one at a time, to the player to your right. The person guessing has 15 seconds to guess the profession named at the top of the card. If the first player cannot guess the answer after the first clue, read the second clue and allow the player another 15 seconds. Read the third clue if the player has not guessed after the first two clues. If the person still does not know, the player to his right can guess. This continues until someone guesses correctly.

STEP 3

Award three points to the player who guesses after hearing one clue, two points after two clues, and one point after three clues. Award an extra point if the player can guess the profession in Spanish. Write the scores on a separate piece of paper.

UNIDAD 4

Family Involvement Activity

Absent Student Copymasters

Presentación / Práctica de vocabulario

Materials Checklist

☐ Student text

☐ *Cuaderno* pages 148–150

☐ *Cuaderno para hispanohablantes* pages 148–151

☐ TXT CD 7 tracks 1–2

☐ Did You Get It? Copymasters 1, 2, and 10

☐ ClassZone.com

Steps to Follow

☐ Read about personal characteristics and vocations on pages 212 and 213, sections A–C. Look at the pictures to help you understand the text.

☐ Listen to TXT CD 7 track 2 as you read along with the text on pages 212 and 213.

☐ Read aloud the words in the **Más vocabulario** box on page 213. Say the words aloud two times.

☐ Listen to TXT CD 7 track 2 as you do the **¡A responder!** activity on page 213.

☐ Do **Práctica de vocabulario**, **Actividades 1**, **2**, and **3** on page 214.

☐ Complete *Cuaderno* pages 148, 149, and 150.
OR
Complete *Cuaderno para hispanohablantes* pages 148, 149, 150, and 151.

☐ Check your comprehension by completing the **Para y piensa** box on page 214.

☐ Complete Did You Get It? Copymasters 1, 2, and 10.

If You Don't Understand . . .

☐ Listen to the CD several times. Pause and go back as often as necessary.

☐ If there are character traits given on page 212 that you don't understand after listening to the CD, look them up in the dictionary.

☐ For **Actividad 2**, fill out the characteristics chart completely.

☐ Try out the new vocabulary in sentences. Say them aloud to yourself.

☐ Use the Interactive Flashcards to help you study the lesson.

☐ Keep a list of questions to ask your teacher later.

Absent Student Copymasters

Vocabulario en contexto

Materials Checklist

☐ Student text

☐ TXT CD 7 track 3

☐ Did You Get It? Copymasters 1 and 3

Steps to Follow

☐ Read **¡Avanza!** and **Estrategia: Leer** on page 215.

☐ Listen to TXT CD 7 track 3 as you follow along with the text on page 215.

☐ Complete **Actividades 4** and **5** on page 216.

☐ Read **Nota gramatical** on page 216. Read the adjectives and their noun forms aloud.

☐ Check your comprehension by completing the **Para y piensa** box on page 216.

☐ Complete Did You Get It? Copymasters 1 and 3.

If You Don't Understand . . .

☐ Listen to the CD a few times. Imitate the voices of the people on the recording.

☐ Look up words you don't know. Keep a list of your new vocabulary.

☐ Think of a few ways to make corrections to false sentences in **Actividad 4**, then choose the best one.

☐ Proofread your answers for accuracy in spelling, meaning, grammar, and punctuation.

☐ Write down questions or concerns to discuss with your teacher later.

Absent Student Copymasters

Presentación / Práctica de gramática

Materials Checklist

☐ Student text

☐ *Cuaderno* pages 151–153

☐ *Cuaderno para hispanohablantes* pages 152–154

☐ Did You Get It? Copymasters 4, 5, and 11

☐ ClassZone.com

Steps to Follow

☐ Study the use of the subjunctive with verbs that express wish on page 217. Read the lesson and the models aloud several times. Create a few new examples.

☐ Do **Actividades 6**, **7**, **8**, and **9** from the text (pp. 218–219).

☐ Read the **Comparación cultural** section on page 219. Answer the question in **Compara con tu mundo**.

☐ Complete *Cuaderno* pages 151, 152, and 153.
OR
Complete *Cuaderno para hispanohablantes* pages 152, 153, and 154.

☐ Check your comprehension by completing the **Para y piensa** box on page 219.

☐ Complete Did You Get It? Copymasters 4, 5, and 11.

If You Don't Understand . . .

☐ If the directions are hard to understand, try to restate them in your own words.

☐ Read the grammar lesson models several times.

☐ Follow the model on your paper before beginning your own answers.

☐ Proofread everything you write for verb–subject agreement, spelling, meaning, and punctuation.

☐ Write and practice the parts of both partners in **Actividad 8**.

☐ Use the Animated Grammar to help you understand.

☐ Use the Leveled Grammar Practice on the @Home Tutor.

☐ Keep a list of questions and observations to share with your teacher later.

Absent Student Copymasters

Gramática en contexto

Materials Checklist

☐ Student text

☐ TXT CD 7 track 4

☐ Did You Get It? Copymasters 4 and 6

Steps to Follow

☐ Read **¡Avanza!** and **Estrategia: Leer** for **Contexto 2** on page 220.

☐ Listen to TXT CD 7 track 4 as you read Inés's **guión** on page 220.

☐ Study the words in the **También se dice** box.

☐ Complete **Actividades 10**, **11**, and **12** on page 221.

☐ Check your comprehension by completing the **Para y piensa** box on page 221.

☐ Complete Did You Get It? Copymasters 4 and 6.

If You Don't Understand . . .

☐ Imitate the pronunciation of the voices on the CD.

☐ Complete **Actividad 12** even if you are not working with a group.

☐ Say a few possible answers aloud before you choose which one to write down.

☐ Read aloud everything that you write and focus on good pronunciation.

Absent Student Copymasters

Presentación / Práctica de gramática

Materials Checklist

- [ ] Student text
- [ ] *Cuaderno* pages 154–156
- [ ] *Cuaderno para hispanohablantes* pages 155–158
- [ ] TXT CD 7 track 5
- [ ] Did You Get It? Copymasters 7 and 8
- [ ] ClassZone.com

Steps to Follow

- [ ] Review the use of the indicative and the subjunctive forms on page 222.
- [ ] Complete **Actividades 13, 14, 15,** and **16** on pages 223 and 224.
- [ ] Listen to TXT CD 7 track 5 as you follow along in the **Pronunciación** activity on p. 223.
- [ ] Complete *Cuaderno* pages 154, 155, and 156.
  OR
  Complete *Cuaderno para hispanohablantes* pages 155, 156, 157, and 158.
- [ ] Check your comprehension by completing the **Para y piensa** on page 224.
- [ ] Complete Did You Get It? Copymasters 7 and 8.

If You Don't Understand . . .

- [ ] Read the grammar lesson several times, both silently and aloud.
- [ ] Think about what you are trying to say before you write a sentence. Try several sentences aloud before deciding which to write.
- [ ] Practice the parts of both partners in **Actividad 14**.
- [ ] Read aloud everything that you write. Make sure all your subjects, verbs, and adjectives are in agreement.
- [ ] Use the Animated Grammar to help you understand.
- [ ] Use the Leveled Grammar Practice on the @Home Tutor.
- [ ] If you have any questions, write them down for your teacher.

Absent Student Copymasters

Todo junto

Materials Checklist

- ☐ Student text
- ☐ *Cuaderno* pages 157–158
- ☐ *Cuaderno para hispanohablantes* pages 159–160
- ☐ WB CD 2 tracks 21–24
- ☐ HL CD 1 tracks 25–28
- ☐ TXT CD 7 tracks 7–9
- ☐ Did You Get It? Copymasters 7 and 9

Steps to Follow

- ☐ Read **¡Avanza!, Resumen contextos 1 y 2**, and **Estrategia: Escuchar** on page 225.
- ☐ Read **Contexto 3 Diálogo** on pages 225 and 226.
- ☐ Listen to TXT CD 7 track 7 as you read the dialogue again.
- ☐ Complete **Actividades 17**, **18**, and **19** (pp. 226–227). Use TXT CD 7 tracks 8 and 9 to complete **Actividades 17** and **18**.
- ☐ Complete *Cuaderno* pages 157 and 158.
  OR
  Complete *Cuaderno para hispanohablantes* pages 159 and 160.
- ☐ Check your comprehension by completing the **Para y piensa** box on page 227.
- ☐ Complete Did You Get It? Copymasters 7 and 9.

If You Don't Understand . . .

- ☐ Listen to the CD in a quiet place where you will not be distracted. Pause and go back if you get lost.
- ☐ Look back through the unit if you don't remember how to do something that is asked in one of the activities.
- ☐ Review all of your answers. Check for spelling, punctuation, and verb–subject agreement.
- ☐ Make notes of anything that is still confusing you so you can discuss it with your teacher later.

Absent Student Copymasters

Lectura literaria y Conexiones

Materials Checklist

☐ Student text

☐ TXT CD 7 track 10

Steps to Follow

☐ Read **¡Avanza!** and **Estrategia: Leer** (p. 228).

☐ Read **Vocabulario para leer** and **Nota cultural** on page 228.

☐ Listen to TXT CD 7 track 10 as you read the feature **"El sueño de América"** (pp. 229–231).

☐ Answer the **Reflexiona** question on page 229.

☐ Check your comprehension by completing the **¿Comprendiste?** and **¿Y tú?** sections of the **Para y piensa** box on page 231.

☐ Read **Promedios en el béisbol** on page 232.

☐ Answer the questions in **Proyecto**.

☐ Complete the **En tu comunidad** research project on page 232.

If You Don't Understand . . .

☐ Read slowly and carefully, checking your comprehension of the feature after every paragraph.

☐ Look up words you don't know. Keep a list of new vocabulary.

☐ Write the questions in your notebook before you write your answer. Read the questions several times until you understand what to look for in your answer.

☐ Keep a list of phrases, words, and sentences that you still don't understand.

☐ Use several resources to find out information about the baseball player you chose.

☐ Always read your work aloud after you write an answer. Proofread it for verb–subject agreement, spelling, punctuation and meaning.

☐ Keep a list of questions for your teacher to answer later.

Absent Student Copymasters

Repaso de la lección

Materials Checklist

- [ ] Student text
- [ ] *Cuaderno* pages 159–170
- [ ] *Cuaderno para hispanohablantes* pages 161–170
- [ ] WB CD 2 tracks 25–30
- [ ] TXT CD 7 track 11

Steps to Follow

- [ ] Read the bullet points under ¡**Llegada!** on page 234.
- [ ] Complete **Actividades 1**, **2**, **3**, **4**, and **5** (pp. 234–235). Listen to TXT CD 7 track 11 as you do **Actividad 1**.
- [ ] Complete *Cuaderno* pages 159, 160, and 161.
- [ ] Complete *Cuaderno* pages 162, 163, and 164.
  OR
  Complete *Cuaderno para hispanohablantes* pages 161, 162, and 163–164.
- [ ] Complete *Cuaderno* pages 165, 166, and 167.
  OR
  Complete *Cuaderno para hispanohablantes* pages 165, 166, and 167.
- [ ] Complete *Cuaderno* pages 168, 169, and 170.
  OR
  Complete *Cuaderno para hispanohablantes* pages 168, 169, and 170.

If You Don't Understand . . .

- [ ] Read the activity directions twice before beginning each activity, once silently and once aloud. State them in your own words.
- [ ] When there is a model provided in the activity, use it as a model to follow in your own sentences.
- [ ] Always read your work aloud after you write an answer. Proofread it for verb–subject agreement, spelling, punctuation, and meaning.
- [ ] Keep a list of questions for your teacher to answer later.

Absent Student Copymasters

Presentación / Práctica de vocabulario

Materials Checklist

☐ Student text

☐ *Cuaderno* pages 171–173

☐ *Cuaderno para hispanohablantes* pages 171–174

☐ TXT CD 8 tracks 1–2

☐ Did You Get It? Copymasters 12, 13, and 21

☐ ClassZone.com

Steps to Follow

☐ Learn vocabulary for discussing job listings and professions on pages 238 and 239, sections A–C. Look at the pictures to help you understand the text.

☐ Study the words in the **Más vocabulario** box on page 238. Practice using them aloud in sentences.

☐ Listen to TXT CD 8 track 2 for the **¡A responder!** activity on page 239.

☐ Complete **Actividades 1** and **2** in **Práctica de vocabulario** on page 240.

☐ Complete *Cuaderno* pages 171, 172, and 173.
OR
Complete *Cuaderno para hispanohablantes* pages 171, 172, 173, and 174.

☐ Check your comprehension by completing the **Para y piensa** box on page 240.

☐ Complete Did You Get It? Copymasters 12, 13, and 21.

If You Don't Understand . . .

☐ Listen to the CD a few times, paying attention to pronunciation and word usage.

☐ Use the model in **Actividad 1** to guide your own sentence structure.

☐ Read your answers aloud after you write them. Check for accuracy in meaning, spelling, grammar and punctuation.

☐ Use the Interactive Flashcards to study this lesson's vocabulary.

☐ Keep a list of words or phrases you need help expressing in Spanish. Ask your teacher and classmates for help later.

Absent Student Copymasters

UNIDAD 4 Lección 2

Absent Student Copymasters

Vocabulario en contexto

Materials Checklist

- [ ] Student text
- [ ] TXT CD 8 track 3
- [ ] Did You Get It? Copymasters 12 and 14

Steps to Follow

- [ ] Read **Estrategia: Leer**, and look at the picture on page 241.
- [ ] Listen to TXT CD 8 track 3 as you read the editorial.
- [ ] Complete the exercise in **Estrategia: Leer**.
- [ ] Complete **Actividades 3** and **4** on page 242.
- [ ] Read **Repaso gramatical** on page 242. Read the sentences aloud.
- [ ] Check your comprehension by completing the **Para y piensa** box on page 242.
- [ ] Complete Did You Get It? Copymasters 12 and 14.

If You Don't Understand . . .

- [ ] Listen to and imitate the pronunciation on the CD. If you get lost, pause and go back as often as necessary.
- [ ] Use the models to guide your own sentence structure and vocabulary.
- [ ] Write and practice the parts of both partners in **Actividad 4**.
- [ ] Keep a list of questions or observations to share with your teacher later.

Absent Student Copymasters

Presentación / Práctica de gramática

Materials Checklist

- ☐ Student text
- ☐ TXT CD 8 track 4
- ☐ *Cuaderno* pages 174–176
- ☐ *Cuaderno para hispanohablantes* pages 175–177
- ☐ Did You Get It? Copymasters 15, 16, and 22
- ☐ ClassZone.com

Steps to Follow

- ☐ Study the use of the subjunctive with expressions of uncertainty or disagreement on page 243.

- ☐ Do **Actividades 5**, **6**, **7**, and **8** on pages 244 and 245. Listen to TXT CD 8 track 4 to complete **Actividad 5**.

- ☐ Read **Un estilo propio** in **Comparación cultural** on page 245, then complete the activity in **Compara con tu mundo**.

- ☐ Complete *Cuaderno* pages 174, 175, and 176.
  OR
  Complete *Cuaderno para hispanohablantes* pages 175, 176, and 177.

- ☐ Check your comprehension by completing the **Para y piensa** box on page 245.

- ☐ Complete Did You Get It? Copymasters 15, 16, and 22.

If You Don't Understand . . .

- ☐ Read the grammar chart on page 243 aloud several times. Practice creating sentences aloud that use the subjunctive tense before you begin the written activities.

- ☐ Use the models to understand what your sentences should look like.

- ☐ Use the Animated Grammar to help you understand.

- ☐ Use the Leveled Grammar Practice on the @Home Tutor.

- ☐ Write down any observations, confusion, or questions to share with your teacher later.

Absent Student Copymasters

Gramática en contexto

Materials Checklist

☐ Student text

☐ TXT CD 8 track 5

☐ Did You Get It? Copymasters 15 and 17

Steps to Follow

☐ Read **¡Avanza!** and **Estrategia: Leer** on page 246.

☐ Read **Contexto 2, Cartas al editor**, as you listen along on TXT CD 8 track 5 (p. 246).

☐ Complete the exercise in the **Estrategia**.

☐ Complete **Actividades 9, 10,** and **11** on page 247.

☐ Check your comprehension by completing the **Para y piensa** box on page 247.

☐ Complete the Did You Get It? Copymasters 15 and 17.

If You Don't Understand . . .

☐ Listen to the CD in a quiet place. If you get lost, pause and go back as necessary.

☐ Restate the activity directions in your own words after you read them.

☐ Use the style and sentence structure of the models in **Actividad 10** to write the parts of both partners.

☐ If you have any questions, write them down for your teacher to answer later.

Absent Student Copymasters

Presentación / Práctica de gramática

Materials Checklist

☐ Student text

☐ TXT CD 8 track 6

☐ *Cuaderno* pages 177–179

☐ *Cuaderno para hispanohablantes* pages 178–181

☐ Did You Get It? Copymasters 18, 19, and 23

☐ ClassZone.com

Steps to Follow

☐ Study the subjunctive with expressions of emotion on page 248. Read the chart a few times, both silently and aloud.

☐ Follow the instructions to complete **Actividades 12**, **13**, **14**, **15**, and **16** (pp. 249–250).

☐ Listen to TXT CD 8 track 6 as you follow along in the **Pronunciación** activity on p. 249.

☐ Complete *Cuaderno* pages 177, 178, and 179.
OR
Complete *Cuaderno para hispanohablantes* pages 178, 179, 180, and 181.

☐ Check your comprehension by completing the **Para y piensa** box on page 250.

☐ Complete Did You Get It? Copymasters 18, 19, and 23.

If You Don't Understand . . .

☐ Use the grammar chart on page 248 as a guide for writing your own sentences.

☐ Read over directions several times. Restate them in your own words.

☐ Read the models given in the **Actividades**. Follow them as a guide for your own sentence style and structure.

☐ Read your work aloud. Focus on good pronunciation and the use of the subjunctive.

☐ Use the Animated Grammar to help you understand.

☐ Use the Leveled Grammar Practice on the @Home Tutor.

Absent Student Copymasters

Todo junto

Materials Checklist

- ☐ Student text
- ☐ *Cuaderno* pages 180–181
- ☐ *Cuaderno para hispanohablantes* pages 182–183
- ☐ TXT CD 8 tracks 7–9
- ☐ WB CD 2 tracks 31–34
- ☐ HL CD 1 tracks 29–32
- ☐ Did You Get It? Copymasters 18 and 20

Steps to Follow

- ☐ Look at the photo and read **Resumen contextos 1 y 2** and **Estrategia: Escuchar** on page 251.
- ☐ Listen to TXT CD 8 track 7 as you read the script of **Contexto 3** (pp. 251–252).
- ☐ Complete the exercise in **Estrategia: Escuchar**.
- ☐ Study the words in the **También se dice** box.
- ☐ Complete **Actividades 17**, **18**, and **19** on pages 252 and 253. Listen to TXT CD 8 tracks 8 and 9 to complete **Actividad 18**.
- ☐ Complete *Cuaderno* pages 180 and 181.
  OR
  Complete *Cuaderno para hispanohablantes* pages 182 and 183.
- ☐ Check your comprehension by completing the **Para y piensa** box on page 253.
- ☐ Complete Did You Get It? Copymasters 18 and 20.

If You Don't Understand . . .

- ☐ Listen to the CD in a quiet place where you will not be distracted. Pause and go back if you get lost.
- ☐ Read the models a few times to give you a clear idea of how to complete each activity.
- ☐ Read everything you write. Check that what you write says what you wanted to say and that there are no spelling or punctuation errors.
- ☐ Keep a list of questions to discuss with your teacher later.

Absent Student Copymasters

Lectura literaria

Materials Checklist

☐ Student text

☐ TXT CD 8 track 10

Steps to Follow

☐ Read **¡Avanza!** and **Estrategia: Leer** on page 254. Make a small chart like the one demonstrated.

☐ Read the **Vocabulario para leer** aloud twice, then read **Nota cultural** to yourself silently (p. 254).

☐ Read the feature "**La ñapa**" (pp. 255–257).

☐ Read the text aloud as you listen to it on TXT CD 8 track 10. Fill in your chart.

☐ Answer the **Reflexiona** questions on page 255.

☐ Check your comprehension by completing the **¿Comprendiste?** and **¿Y tú?** sections of the **Para y piensa** box on page 257.

If You Don't Understand . . .

☐ Listen to the CD repeatedly until you feel you are following the story well.

☐ Reread the text aloud to help you find the answers to the comprehension questions.

☐ Form your answers before you begin to write anything. Choose the best way to phrase what you want to express.

☐ Reread aloud everything that you write.

☐ Look up unfamiliar words. Keep a list of words or phrases you still need help understanding so you can ask your teacher later.

Absent Student Copymasters

UNIDAD 4 Lección 2

Absent Student Copymasters

Escritura

Materials Checklist

☐ Student text

Steps to Follow

☐ Read **Un bosquejo biográfico** on page 258.

☐ Read **Prepárate para escribir** and follow the directions to help you get started on your composition.

☐ Read through the steps in **Escribe**.

☐ Check your own work in **Revisa tu composición**.

If You Don't Understand . . .

☐ Read **Escritura** repeatedly, both silently and aloud, until you understand what to do.

☐ Look up any unfamiliar words in the dictionary. Write them with their definitions in your notebook.

☐ Make a list of any questions you have for your teacher.

Absent Student Copymasters

Repaso de la lección

Materials Checklist

☐ Student text

☐ *Cuaderno* pages 182–193

☐ *Cuaderno para hispanohablantes* pages 184–193

☐ TXT CD 8 track 11

☐ WB CD 2 tracks 35–40

Steps to Follow

☐ Read silently and then aloud the bullet points under **¡Llegada!** on page 260.

☐ Complete **Actividades 1, 2, 3, 4,** and **5** (pp. 260–261). Listen to TXT CD 8 track 11 to complete **Actividad 1.**

☐ Complete *Cuaderno* pages 182, 183, and 184.

☐ Complete *Cuaderno* pages 185, 186, and 187.
OR
Complete *Cuaderno para hispanohablantes* pages 184, 185, and 186–187.

☐ Complete *Cuaderno* pages 188, 189, and 190.
OR
Complete *Cuaderno para hispanohablantes* pages 188, 189, and 190.

☐ Complete *Cuaderno* pages 191, 192, and 193.
OR
Complete *Cuaderno para hispanohablantes* pages 191, 192, and 193.

If You Don't Understand . . .

☐ Repeat aloud with the audio. Imitate the pronunciation of the voices on the CD.

☐ Read the activity directions and study the models when they are given.

☐ Look back through the lesson to review how to conjugate verb tenses and spell vocabulary words. Take more time on sections that are harder for you.

☐ Proofread your work for spelling, punctuation, grammar, and meaning.

☐ Keep a list of items that are still confusing to you, to discuss with your teacher later.

Absent Student Copymasters

Comparación cultural

Materials Checklist

☐ Student text

☐ TXT CD 8 track 12

Steps to Follow

☐ Read the **Leer** and **Escribir** strategies in **Lectura y escritura** on page 262.

☐ Listen to TXT CD 8 track 12 as you read **Héroes del Caribe** in the text on page 263.

☐ Reread the strategy for **Escribir**, then begin **Actividad 2** (p. 262).

☐ Do the **Compara con tu mundo** writing assignment on page 262.

If You Don't Understand . . .

☐ Read through the **Escribir** assignment before you begin to read the feature so you understand what to do for the activity.

☐ Listen to the recording as many times as you need to understand all the speakers clearly. Stop to look up words you don't know, then go back and play again.

☐ Think about what you want to say before you begin writing. Reread everything you write. Check for punctuation, spelling, and verb–subject agreement.

☐ Keep a list of questions to ask your teacher later.

Absent Student Copymasters

Repaso inclusivo

Materials Checklist

☐ Student text

☐ TXT CD 8 track 13

Steps to Follow

☐ Listen to TXT CD 8 track 13 to complete **Actividad 1** on page 266.

☐ Complete **Actividades 2**, **3**, **4**, **5**, **6**, and **7** (pp. 266–267).

If You Don't Understand . . .

☐ For **Actividad 1**, listen to the CD in a quiet place. Repeat aloud with the audio.

☐ Read activity directions carefully. Be creative with your answers. If you want to use vocabulary that you can't remember, use the dictionary.

☐ Use your textbook to review the vocabulary and verb conjugations needed to complete each activity. Go back to the lesson that taught what you need.

☐ Write and practice the parts of both partners in **Actividades 2**, **5**, and **7**.